十津川警部　殺しはトロッコ列車で

目次

第一章

京都保津峡

1

衣川愛理《きぬがわえり》は二十五歳。最近になって、人気が出てきた新人女優である。

古手のプロデューサーからは、昔の女優の誰々に似ている、美人女優だと、いわれることがよくあるが、愛理自身は、あまり好きではなかった。なんとなく、いい方が古めかしいし、美人だけが取り柄の女優といわれているような、気がするからである。

数日前から、京都の映画会社のスタジオを使って、テレビドラマの撮影をしていたが、今日五月二十一日、一日だけ休みをもらえたので、愛理はひとりで、嵐山にいってみることにした。

京都にきたのは、三回目だが、前の二回は、仕事オンリーで、休みがもらえなかった。

初めて、一日だけだが、休みがもらえたので、念願の嵐山に、いってみる気になったのである。

ホテルを出て、まず、嵐電《らんでん》嵐山本線で、終点の嵐山までいく。

京都という町そのものが、東京生まれ東京育ちの愛理にとっては、素晴らしい風景なのだ。特に嵐山は渡月橋《とげつきょう》もあるし、野宮《ののみや》神社もある。風の吹き抜ける竹林もあるし、その間を走る人力車が、客を待っている光景も、愛理の目には、新鮮に映る。

愛理には、どこもかしこも、素晴らしい景色に見えるのだが、撮影所で働く、京都生まれの女性スタッフから、

「今頃みたいな青葉の季節なら、ぜひとも、トロッコ列車に乗ってみたらいいわ」

と、勧められた。

竹林の間にトロッコ嵯峨《さが》駅があった。この鉄道の正式な名称は、嵯峨野観光鉄道である。

駅は、トロッコ嵯峨のほかには、トロッコ嵐山、トロッコ保津峡《ほづきょう》、そして、終点のトロッコ亀岡の、わずか四つの駅しかない。どの駅名にもトロッコがついているのが面白い。

京都は、いつも多くの観光客で溢《あふ》れているが、今日はゴールデンウィークのあとのせいか、それほど混んではいなかった。

これから、終点のトロッコ亀岡駅までいくトロッコ列車は、トロッコが五両で、ディーゼル機関車がそれを引っ張っている。始発のトロッコ嵯峨駅から終点のトロッコ亀岡駅まで七・三キロ。約二十五分、料金は、六百三十円と手頃である。

最後尾の五両目は、五両のなかでも、いちばん開放感に、溢れている車両である。天井はガラス張りだし、驚いたのは、床が金網になっていて、下が見えるようになっていたことである。

なぜか、この一両だけが「ザ・リッチ号」という名前がつけられていると、教えられたが、どうして「ザ・リッチ号」なのかは、わからなかった。

とにかく発車する。

社名にも、観光鉄道と謳《うた》っているし、客車は全部トロッコ列車だから、スピードはかなり遅い。せいぜい、時速二十キロ程度のスピードだろう。

トロッコ嵯峨駅を出発して、次のトロッコ嵐山駅までは、山陰本線と同じ線路上を走る。パンフレットによれば、もともと、このトロッコ列車が走る亀岡までの路線は、山陰本線の一部だったと、書いてある。

ところが、亀岡あたりまでが京都のベッドタウン化するとカーブが多くスピードの出せないこの区間は、直線に敷き直し、山陰本線は、その直線のほうを走ることになった。

旧線のほうは、当然、廃線になるのだが、京都人は頭がいいのか、ケチなのか、廃線になるはずだった古い線路を、そのまま生かして、観光用のトロッコ列車を、走らせることにしたところ、観光客から大人気になったのだという。

小倉山の手前で、山陰本線とわかれて、トロッコ嵐山駅に着く。これから先は、廃線になるはずだった昔の山陰本線の線路である。

嵐山トンネルを抜けると、途端に、保津峡の渓谷が、目に飛びこんできた。目の下に保津川が流れ、周辺の山々は、まさに青葉一色である。秋になれば、おそらく紅葉で、この周辺は、真っ赤に染まるのだろう。

眼下の保津峡を下る、川下りの船が見えてきた。

船に乗っている観光客も、こちらに向かって手を振っているし、こちらのトロッコ列車の窓からも、家族連れや若いカップルが、川下りの船に向かって、盛んに、手を振っている。

愛理も、窓から手を振っていたが、その時、突然、三十五、六歳の男が、愛理の隣に座って、

「もしかして、女優の衣川愛理さんじゃありませんか？」

と、声をかけてきた。

去年までは、町を歩いていても、声をかけられるようなことは、ほとんど、なかったが、テレビドラマの仕事が増えてきたせいか、今年になってからは、時々、ファン

が、声をかけてくる。

思わず、微笑して、

「ええ、そうですけど」

と、いうと、相手は、

「すいません。この手帳に、サインしてくれませんか?」

そういいながら、手帳のなかほどを開いて、男が愛理の目の前に、差し出した。

黙って、そこに挟んであるボールペンを手に取って、サインしようとして、愛理は
「えっ」という顔になった。

そのページに、こんな文言が、書きこんであったからである。

〈これは、悪戯《いたずら》ではありません。次のトロッコ保津峡駅で、誰かが、あなたを、銃で狙っています。ちなみに、あなたのキャッシュカードの暗証番号は、〇〇九九ですね〉

愛理は黙って、男を見た。

最初、笑いかけてしまったが、〇〇九九という数字を見て、逆に、背筋が、寒くな

ってしまったのだ。

その四桁《けた》の数字は、日頃、愛理が使っているキャッシュカードの暗証番号に、間違いなかったからである。

男は、ボールペンを取ると、手帳の余白のところに、何やら、書いていたが、終わると、それを愛理に見せた。

〈窓側にいるのは危険です。座席を替わりましょう。終点に着くまで、私が窓側に座ります〉

男は、愛理が、返事に困って黙ったままでいると、強引に席を替わり、窓側に大きな体を入れてしまった。

愛理は、今、目の前で起こっている事態が、理解できず、ただ茫然《ぼうぜん》と、なすがままに動いただけだった。いや、動かされただけだった。

そうこうしているうちに、トロッコ列車は、次のトロッコ保津峡駅に着いた。

かなり大きな駅である。駅舎の向こうには、対岸に渡る橋がかかっている。ここで、乗客の何人かが降り、その橋を使って、対岸に渡っていった。

窓側に座った男は、じっと動かない。

列車が動き出すと、男は、小さく息をついた。

先頭車両から、今度は、鬼の面をつけた男が、飛び出してきた。

「これより、皆様の元に、酒呑童子《しゆてんどうじ》がおじゃまします」

と、大きな声で、いった。

おそらく、これも、観光客を楽しませるトロッコ列車の、趣向なのだろう。

京都では、大江山に、鬼が棲《す》んでいるといわれている。その鬼が、京都の町で人を殺《あや》めたり、物を奪ったりして暴れるので、源頼光《みなもとのよりみつ》によって、退治されたという話を、愛理もきいたことがあった。

その酒呑童子が、列車のなかを歩き回ると、子供たちが、キャーキャーと騒ぎながら、逃げ回る。

鬼が、愛理のそばまでくると、小さな声で囁《ささや》いた。

「もう大丈夫ですよ」

鬼は、それだけいって、隣の車両に移っていった。

気がつくと、手帳を使って警告してくれていた男は、いつの間にか、姿を消していた。

2

終点のトロッコ亀岡駅に着くと、乗客が、ドッと降りていく。

駅前には、川下りの船の発着所にいくバスが待ち構えていた。トロッコ列車の乗客の半分くらいは、そのバスに乗って、今度は保津峡下りの船で、嵐山に戻っていくらしい。

愛理も、帰りは保津峡の川下りを、楽しむつもりだったのだが、妙なことになって、川下りを楽しむような気分ではなくなっていた。

愛理は駅の構内から、マネージャーの青木《あおき》に、携帯電話で連絡を取った。

もちろん、新人女優の愛理だけの、担当マネージャーというわけではない。本来は、杉原美由紀《すぎはらみゆき》という中堅女優のマネージャーで、愛理のマネージャーも、兼ねているのである。

青木は、現在、京都の映画スタジオのなかに、いるはずだった。女優の杉原美由紀が、愛理とは別のテレビドラマの、撮影に入っていたからである。

呼び出し音が鳴ると、すぐに、

「もしもし、青木ですが」

と、呑気《のんき》な声が、きこえた。

「私。すぐ助けにきて」

愛理は、思わず、叫んでしまった。

「どうしたんですか、愛理さん？　何かあったんですか？」

「すごく、怖い目に遭ったの。それで、怖くて、人混みを歩けそうにないから、あなたが、こちらに助けにきてちょうだい！」

「今、どこにいるんですか？」

「トロッコ列車の亀岡駅よ」

「わかりましたが、僕も杉原さんを置いて、そちらにいくわけにはいきませんからね。愛理さんのほうから、こっちにきてくれませんか？」

「だって、人混みが、怖いのよ」

「それなら、そこでタクシーを拾って、こっちの映画スタジオまで、きてくださいよ。僕、スタジオの入口で、待っていますから。そうしてください」

青木は、愛理の返事もきかずに、勝手に、電話を切ってしまった。

一方的に、電話を切られて、愛理は、無性に腹が立ったが、よくよく考えてみれば、青木の態度は別に、冷たくも何ともないのだ。何しろ、青木は、愛理だけの専属マネージャーというわけではなく、先輩の女優、杉原美由紀の、マネージャーでもあるのだからである。

仕方がないので、愛理は、青木に、いわれたとおり、駅前から、タクシーに乗ることにした。

若い運転手は、危険に見えるので、なるたけ、年寄りの運転手を選んでから、愛理は、車に乗りこんだ。

「太秦《うずまさ》のT映画スタジオまで、いってちょうだい」

と、愛理がいった。

タクシーが走り出す。

運転手が、やたらにお喋《しやべ》りな男で、

「ねえ、お客さん、女優の衣川愛理さんじゃないんですか？　そうですよね、衣川愛理さんだ。先日のテレビドラマを見ましたよ。素晴らしかったですね。あんな演技が、よくできますね」

と、盛んに話しかけてくる。

「違います。女優の衣川愛理なんかじゃありません」

愛理は、わざときつい声で、それだけいって、黙ってしまうと、運転手も急に不機嫌になって、無言で運転するようになった。

太秦のT映画のスタジオの入口で、タクシーを降りる。

愛理が、警備員に挨拶してなかに入っていくと、向こうから、マネージャーの青木が、駆け寄ってきた。

青木の顔を見ると、愛理は急に気がゆるみ、

「助けて！」

と、叫んでしまった。

青木はビックリして、愛理の体を、抱えるようにして、第一スタジオに、向かって歩きながら、

「何があったんですか？　誰かに、殴られたんですか？」

「本当に怖かったわ。今だって、体が震えているわ」

「ですから、いったい何があったんですか？　それを、話してくださいよ」

「今日ね、トロッコ列車に乗ったの」

「ええ、今日はお休みだから、トロッコ列車に乗ってくる。そういっていましたよね。よかったじゃないですか？」

「トロッコ列車に乗ってる時、三十代の男の人がそばにきて『衣川愛理さんですか？サインしてください』っていって、手帳を、差し出したの」

「それを断って、喧嘩になったんですか？」

「黙って、最後まできいて。手帳にボールペンが、挟んであったんで、サインしようと思ったら、そのページに『これは、悪戯ではありません。次のトロッコ保津峡駅で、誰かが、あなたを、銃で狙っています』と、書いてあったのよ。そして、私が窓側に座っていたら『窓側にいるのは危険です。座席を替わりましょう。終点に着くまで、私が窓側に座ります』といって、その男の人が、席を替わってくれたの。ね、怖い話でしょう？」

愛理がいうと、青木は、大きな声で笑って、

「最近は、そんなことをいって、芸能人のご機嫌を取る人間がいるんですかね？　そうか、今までは、いろいろと、お世辞をいって近づいてきたけど、最近は脅かして、近づいてくるんだ」

「茶化さないでちょうだい。私、本気なんだから」

「それで、そのトロッコ保津峡駅で、本当に、愛理さんを銃で撃った人間が、いたんですか？」

「いいえ、その男の人が、窓側に座ってくれたから、何も起きなかったわ」

「それじゃあ、やっぱり、単なる脅かしですよ。その男は、そんなことをいって、脅かして、あなたに近づこうとしたんですよ」

「いいえ、その人、終点に着いたら、いつの間にか、いなくなっていたのよ」

「その男の書いた文言を、あなたは、信用したんですか？」

「ええ」

「どうしてですか？」

「実は、その文言の横に、四桁の数字が書いてあって、それが、私が使っているキャッシュカードの、暗証番号だったのよ。大事なパスワードを、誰にもいっていないわ。両親にだって。それなのに、あの男の人は、間違いなくその番号を書いていたのよ」

「偶然じゃないんですか？」

「偶然？」

「だって、パスワードは、四桁でしょう？　偶然、番号が、一致してしまうことだって、あるじゃありませんか？」

「そんなこと、あり得ないわ。ちょっと想像しにくい番号だから」

「ほかにも、何か怖い目に遭ったんですか？」

「トロッコ列車では、お客さんへのサービスで、最後に、鬼の面をかぶった男の人が、車両に乗ってきて、子供をわざと、脅かしたりするんだけど、その鬼が、私のそばにきて、小声で、こういったの。『もう大丈夫ですよ』って」

「それですよ」

と、突然、青木が、大声をあげた。

「何のことよ？」

愛理が、声を尖《とが》らせた。

二人は事務所のなかに入り、青木が愛理を座らせてから、二人分のインスタントコーヒーを淹《い》れた。

「何が、それなのよ？」

改めて、愛理がきいた。

「それでわかりましたよ。いいですか、愛理さん。あなたは、自分ではどう思っているか知りませんけど、今年に入ってから、かなり有名になってきているんですよ。ファンも多くなったし、顔も覚えられています。そこで、トロッコ列車の社員二人で、あなたをびっくりさせようとしたんですよ。人気のタレントを騙《だま》してびっくりさせておいて、最後にこれは、ドッキリカメラですといって笑う、そんな番組があったじゃないですか？　おそらく。その観光鉄道の社員が、宣伝しようと思って、待ち構えているところに、あなたが乗ってきたんだ。美人だし、売れっ子だし、それに、そんなに、素晴らしい服を着ているじゃありませんか？　無理して買ったという、そのシャネルのスーツですよ。それを着て、人気の出てきた女優のあなたが、トロッコ列車に、乗ったんです。それで、社員二人が、示し合わせて、あなたを、脅かしてやろうと思ったんですよ。宣伝に使えますからね。たぶん、ビデオで撮られていますよ。まず、ひとりの男が『あなたのことを銃で狙っている人間がいますよ』といって、脅かす。終点に着いたところで、もうひとりの男が、鬼の面をかぶって『もう大丈夫ですよ』という。そういう悪戯に引っかかったんですよ、今、わかりましたよ」

「本当に、怖かったのよ。鉄道会社の人が、あんな悪戯をするかしら？」

「でも、何人かの人は、あなたが今日、トロッコ列車に乗ることを、知っていたんですよ。マネージャーの僕も、知っていたし、昨日、記者連中に、あなた自身がいってましたからね。それに、トロッコ列車に乗りなさいと、勧めた人もいたわけでしょう？」

「ええ、小道具の牧原《まきはら》さん。あの人、京都の生まれで京都の育ちだから、私に時々、京都の穴場を教えてくれるの。今度も、青葉の季節なら、ぜひ、トロッコ列車に乗りなさいといって、勧めてくれたのよ」

「それじゃあ、観光鉄道の社員に、からかわれる下地は、充分にあったんじゃありませんか？」

「それなら、あの暗証番号はいったい、どういうこと？　誰も、知らないはずなのよ。私が、トロッコ列車に乗ったのは、生まれて初めてなのよ。だから、その列車に乗っていた社員の人が、私のキャッシュカードの暗証番号を、知っているなんてことは、絶対にあり得ないことだわ」

「それだって、まったく、あり得ないことじゃありませんよ。愛理さんは、時々コンビニで現金を、おろすことが、あるんでしょう？」

「ええ、あるけど」

「その時は、当然、暗証番号を、使うじゃありませんか？　たまたま、あなたの、後ろにいた人が、あなたの手元を、覗《のぞ》きこんで、暗証番号を知ってしまった。そういう可能性だってあるでしょう？　たまたま、その人がいい人で、トロッコ列車の社員だった。そう考えれば、全部、符合するじゃありませんか？」

「それもそうだけど」

「じゃあ、どうするんですか？　警察にいって、話しますか？」

と、青木が、いう。

愛理は、考えてから、

「もし、私の命を、狙っている人がいるとしたら、京都では怖くて、仕事ができないわ。だから、警察に調べてもらいたいわ」

「しかし、たぶん、信じてくれませんよ」

「そうかしら？」

「そうですよ。愛理さんのいっていることは、まるでリアリティがない話ですからね。これが、実際に銃で撃たれたとか、銃を向けられたとか、毎日のように、無言電話がかかってくるとか、脅迫の手紙がくるとか、そういうことがあれば、警察も動いてくれるかも、しれませんけどね。今まで、そんなことはなかったんでしょう？」

「無言電話がかかってきたことは、二、三回あるけど、ほかには、何もないわ」

「それじゃあ、京都の警察は動いてくれないと、思いますけどね」

「でも、このままだと安心して、仕事ができないのよ」

「わかりました。これから、杉原美由紀さんの、仕事があるので、それが終わるまで、待っていてくれませんか？　そのあと、一緒に、警察にいって、話してみましょう」

やっと、青木は、いってくれた。

3

その日の夕方、女優の杉原美由紀を、宿泊先のホテルに、送り届けたあとで、愛理は、青木と一緒に、嵯峨野警察署にいった。

捜査一課の刑事は、衣川愛理の顔を知っていたので、笑ったりはしなかったが、話をきき終わったあとで、

「何とも不思議な話ですね」

といういい方をした。

「でも、本当の話なんです。嘘《うそ》なんかじゃありません」

愛理は、真剣に、訴えた。

「ええ、私はあなたが、嘘をついているなんて、思っていませんよ。それでは、初めからもう一度、考えてみようじゃありませんか」

「はい」

「愛理さんが、トロッコ列車に乗ったのは、今日が、初めてなんですね？」

「ええ、そうです」

「始発のトロッコ嵯峨駅から、乗ったんですね?」

「ええ」

「列車が、次のトロッコ嵐山駅をすぎたあたりで、三十代の男の人が近づいてきて、あなたの隣に腰をおろした?」

「そうです」

「その人が『衣川愛理さんですね?』と、いい『サインしてください』といって、手帳を差し出した?」

「ええ」

「そうしたら、その手帳に、妙な文言が書いてあったんですね?」

「そうです」

「『これは、悪戯ではありません。次のトロッコ保津峡駅で、誰かが、あなたを、銃で狙っています』と、書いてあったんですね?」

「ええ、そうです。そして『窓側にいるのは危険です』と、いうことで——」

「その男と座席を、替わったんですね?」

「ええ」

「どうして、その男の話を、信用したのですか?」

「同じ手帳に『ちなみに――』といって、数字が書いてあって、それが、私のキャッシュカードの暗証番号だったんです。それで、この人の話は、信用できるなと、思ってしまったんです」

「なるほど。席を替わったまま、問題のトロッコ保津峡駅に着いた。そこで、撃たれたりはしなかったんですね？」

「ええ、何も、起こりませんでした」

「そのあとは、どうなりましたか？」

「トロッコ列車が、トロッコ保津峡駅を出たら、鬼のお面をかぶった人が、車内に入ってきたんです。トロッコ列車は、観光列車ですから、乗客を楽しませているのだろうと、思いました。鬼のお面をかぶった人が、私のそばにくると、小声で『もう大丈夫ですよ』と、いったんです。気がついたら、手帳に字を書いて、私に見せたあの男の人は、いつの間にか、姿を消していました。話は、これで全部です」

「なるほど、わかりました。それですべてなんですね？」

「今の私の話、刑事さんは、信じてくれました？」

「一応、警察として、受けつけましょう」

「一応って、どういうことですか？」

「私も今初めて、あなたのお話をきいたもので、これから、嵯峨野観光鉄道にいって、今日のトロッコ列車の様子をきいてきます。例えば、トロッコ保津峡駅で、あなたを撃とうと待ち構えていたとすると、怪しい人物が目撃されているかもしれません。そういうことを、調べてきたいのですよ」

と、刑事が、いった。

愛理が、黙っていると、刑事は、言葉を、続けて、

「嵯峨野観光鉄道が、サービスで、鬼の面をかぶり、酒呑童子に扮した社員に、車内を、歩かせているといったことを本当にやっているかどうか？　あなたの話では、あなたのそばにきて小声で『もう大丈夫ですよ』と、いったんですよね？　鉄道会社の社員が、本当に、そう、いったのであれば、覚えているでしょうから、そのあたりの事情を、きいてきます」

4

その日の、夕食の時に、女優の杉原美由紀が、愛理に、きいた。

「嵯峨野警察署の刑事さんからは、その後、何か連絡はあったの？」

「私の携帯に、電話が、ありました」

と、愛理が、答える。

「刑事さんは、トロッコ列車の会社にいって、話をきいてきたんでしょう?」

「そうなんです。でも、トロッコ保津峡駅には、怪しい人物は、いなかったし、鬼の面をかぶった社員も、私に『もう大丈夫ですよ』と、声をかけた覚えはないといったそうなんです」

「それじゃあ、刑事さんは、あなたの話を、信用してないんじゃないかしら?」

「そうなんですよ。悔しいけど」

愛理が、いうと、マネージャーの青木も、

「私は、マネージャーですからね、愛理さんの話を、信用していますよ。その気持ちで、刑事さんとも、話をしました」

「それで?」

「問題は、愛理さんの話が、あまりにも現実離れしていることでしょうね。刑事さんは、愛理さんに、席を替わろうといった三十代の男とか、酒呑童子に扮した鉄道会社の社員の言葉とかが、信用できないといっているんです」

「どうしてなの?」

「刑事さんは、こう、いっているんです。例えば、トロッコ列車のなかで、愛理さんに、注意をした男ですが、本当に、愛理さんのことを心配しているのならば、どうして、警察に、連絡してこないのか？　警察にいってくれれば、警察としても、刑事を、トロッコ保津峡駅に配備して、怪しい人物がいれば、すぐに、逮捕することができた。それがないので、その男の話を信用することはできないと、刑事さんは、いっているんですよ。たしかに、刑事さんのいい分にも、一理ある気がするんですよ」

「たしかに、青木君のいうとおりね」

杉原美由紀が、うなずく。

「愛理さんが、誰かに、狙われているのだとしたら、すぐ警察にいうべきよね。警察に、犯人を逮捕してもらえば、安心できるんだから。それなのに、警察にもいわずに、いきなり、本人を脅かした。そんなところが、私も信用ができない気がする」

杉原美由紀が、いった。

「それで、愛理さん本人は、どうしたいの？」

「私は、こう、考えているんです。誰かは、知りませんけど、私を、殺したい人がいる。あの男の人は、その犯人の、知り合いじゃないかと思うんです。だから、犯人のことも、裏切れないし、警察にいって、逮捕してもらうことも、できない。それで、犯人には黙って、私に直接会って助けた。そんなふうに、考えたんですけど」

愛理が、いうと、

「あなたって、ずいぶん、ロマンチックに考えるのね」

と、杉原美由紀が、笑った。

5

数日経《た》って撮影も終えたので、衣川愛理は、事件の処理について、不満を持ちながら、午後八時すぎの京都発の「のぞみ」で、マネージャーの青木や、先輩女優の、杉原美由紀と一緒に帰京することになった。

その列車のなかで、愛理は、週刊誌の記者二人に、つかまってしまった。

「実は、京都で、妙な噂《うわさ》を、きいたんですよ。あなたが、オフの時、嵐山から、トロッコ列車に乗ったら、乗客のひとりから、あなたは、銃で狙われているから気をつけなさいと、脅かされたんですってね？　この噂、本当なんですか？」

記者のひとりが、きいた。

杉原美由紀は、疲れて眠ってしまっているので、愛理は、少し離れた座席に移って、マネージャーの青木と並んで、記者と、話をすることになった。

「本当の話なんです」

愛理は、正直にいい、トロッコ列車のなかで、味わった恐怖について、二人の記者に、話した。

「マネージャーの青木さんは、この話を、どう思っているんですか？」

記者が、きいた。

「もちろん、本当だと、思っていますよ。こんなことで、彼女が、嘘をつく必要はありませんからね」

青木が、答える。

「しかし、冷静に話をきくと、何となく、夢物語のようにも、きこえますよね？　愛理さんに、おききしますが、思い当たることがあるんですか？」

「そんなものは、ぜんぜんありませんよ。でも、トロッコ列車のなかで、あったことは、本当なんです。だから、怖いんです」

愛理が、いった。

「失礼ですが、愛理さんは、別のところで、命を狙われたことが、ありませんか？　東京で、誰かに、刃物で切りつけられたり、車をぶつけられそうになったりしたことは、ありませんか？」

「そんなことは、一度も、ありません」

「いきなり、他人に殴られたことはありますか？」

「ありません」

「ファンの人から、酷《ひど》いことをいわれたことはありますか？」

「酷いことって？」

「例えば、死んでしまえとか、女優をやめてしまえとか、そういうことですが」

「いいえ、そこまでいわれたことは、ありませんわ」

「それなのに、京都では、銃で、撃たれそうになったんですね？」

「そうなんです。男の人から、そう、いわれました」

「しかし、思い当たることは、ないんでしょう？」

「ええ、ありません。そんなことがあれば、すぐ、警察にいっています」

「実際、京都の警察には、話をしたんでしょう？」

「ええ、話しました」

「それで、京都の警察は、あなたの訴えを信じたんですか？」

「わかりませんが、一応、取りあげてくれて、トロッコ列車を運行している会社を、調べてくれたそうです」

「それで、あなたを撃とうとした人物は逮捕されたんですか?」

「いいえ、まだ誰も、逮捕されていません」

「これから東京に帰って、どうするつもりですか?」

「わかりません。誰かから、恨まれることに、思い当たることは、ありませんけど、気をつけるようにします」

「東京の警察にも、トロッコ列車のなかでのことを話すつもりですか?」

「たぶん、京都の警察から、東京の警察に話が、いっていると思うんです。私は、東京に住んでいて、仕事をしていると京都の警察にいいましたから」

「誰か、特定の容疑者の、名前くらいわかると、記事に、しやすいんですけどね。そういう人は、いませんか?」

「いいえ。申しわけありませんけど、まったくありませんわ」

6

五月二十六日早朝。もう五時すぎになると、周囲は、明るくなる。

江戸川区内のマンションに、住んでいる二十五歳の野中和江《のなかかずえ》は、朝食の前に、いつものように、江戸川の土手の上を、ジョギングした。

野中和江は、身長百六十七センチ、高校、大学と、陸上短距離の選手だった。現在は大学院で、フランス語を、教えている。

土手を走っている時に、今までに会ったことのないサラリーマンらしいランナーと出会った。

「おはようございます」

野中和江のほうから、声をかけると、

「危ないですよ」

と、男が、いった。

一瞬、何をいわれているのか、わからず、和江が、

「え？」

「気をつけて！」

今度は大声が返ってきた。

「何ですって？」

一瞬立ち止まってきき返したとき、男の姿は、もう消えていた。

野中和江は、そのままた走り出したが、突然、銃声が河原に響いて、彼女は、前のめりに倒れた。

誰かが、悲鳴をあげた。

それは、江戸川の河原で、ゴルフクラブの素振りをしていた、中年の男の悲鳴だった。

7

その男の通報で、救急車が駆けつけ、倒れて血を流している野中和江を、近くの、救急病院に運んだ。

一時間後に、野中和江、二十五歳、S大大学院の非常勤講師が亡くなった。

さらにその三十分後に、警視庁捜査一課の十津川《とつがわ》たちや鑑識が、パトカーで救急病院に駆けつけた。

被害者、野中和江は背後から二発、撃たれていた。その弾丸は背中から入り、胸で止まっていた。

ウエア姿で殺されたが、運転免許証がポケットに入っていたので、簡単に身元が判明した。

　応急手術をした医師が、十津川の質問に答えた。

「救急車で、運ばれてきたのは、午前八時二十分頃でした。背中から二発、撃たれていて、かなり出血していました。何とか、手当てをしたのですが、出血が多すぎて、どうにもなりませんでした。それで、約一時間後に、亡くなりました」

　と、医師が、いった。

「それでは、先生と被害者とは、何とか話ができたのですね？」

　十津川が、きく。

「彼女が、運ばれてきた時は、まだ意識が、ありましたから、いくらかは、話ができました」

「被害者は、先生に、どんなことを話したのですか？」

「自分は毎朝、江戸川の土手の上を、ジョギングしている。今日も同じように、ジョギングしていたら、いきなり背後から撃たれた。誰が撃ったのかはわからないが、その前に、男のランナーと、すれ違った。今まで会ったことのなかった人だった。きちんとした、スキのない身のこなしで、優秀なサラリーマンのように感じた。そのランナーが、すれ違いざまに、いきなり『危ないですよ』と、いった。さらに『気をつけて！』と、大声でいわれ、その直後に撃たれた。被害者の野中和江さんは、そういっていましたね」

と、医師が、いう。

「サラリーマンらしい男のランナーだった。被害者の野中和江さんは、そういったんですね？」

「そうです。ええ、たしかに、被害者は、そういっていました」

「今日は、朝から、土手の上で喧嘩か何かありましたか？」

「いや、特に、何もありませんよ。いつものとおりで、何人かが、ジョギングをしていましたが、それだけです。河原で、ゴルフのクラブを、振っている人もいました。その人が、救急車を呼んだんです」

「ジョギングしている男女が、ただ土手の上で、すれ違ったにしては、男のほうが、妙なことを、いったんですね？　『危ないですよ』それから『気をつけて！』と」

「そうですよね」

「本当に、男は、そう、いったんでしょうか？」

「私も変な話だと思って『本当に、そんなことをいったのですか？』と、きいたら『そういったので、いやな、気持ちになった』と、いっていました」

「その他、亡くなった野中和江さんは、先生に、何か、いいませんでしたか？」

「いや、彼女が話したのは、それだけです。すれ違う時、サラリーマンらしいランナーに『危ないですよ』といわれて、さらに『気をつけて！』といわれて、その言葉が気になったといっていました。その直後に撃たれたと」

「今までに、江戸川の、土手の上で、同じようなことが、起きたことは、ありますか？」

「いや、人が死ぬようなことは、起きていませんよ。先日、自転車同士が、ぶつかって、怪我をした人を、ここで、手当てしたことは、ありますが、銃で撃たれた人が運ばれてくるなんて、初めての経験です」

殺された野中和江の所持品が、病院から渡された。そのなかに、江戸川区内のマンションの鍵があったので、十津川は、それを、西本《にしもと》と日下《くさか》の二人の刑事に渡して、

「彼女の部屋を調べてきてくれ。何か、事件に、関係のありそうなものがあるかもしれない」

と、送り出した。

次は、被害者が、非常勤講師として働いていたS大学の、大学院である。十津川は、三田村《みたむら》刑事と、北条早苗《ほうじょうさなえ》刑事の二人をいかせて、野中和江について、話をきいてく

るように、いった。

被害者が、運ばれた救急病院が、大学病院でもあったので、司法解剖を頼んだあと、殺人事件として江戸川警察署に、捜査本部を、置くことになった。

十津川は、その他、事件のあった江戸川の土手周辺の住人から、聞き込みをさせた。最近、どんな人間が、江戸川の土手を使って、ジョギングをしているのか？　また、何か、トラブルがなかったか？　そうしたことの、聞き込みである。

野中和江の、マンションを調べにいった西本と日下の二人が戻ってきて、十津川に、報告した。

「七階建てのマンションの、五階の2号室に、野中和江は、二年前から、住んでいます。部屋の広さは、２ＤＫです。部屋代は、月七万五千円だそうです。管理人や、同じマンションの住人に、きいてきましたが、彼女のことを悪くいう人間は、ひとりも、いません。とにかく、明るくて、真面目《まじめ》なスポーツウーマンで、できれば、次のオリンピックには、四百メートルのリレーの代表選手として、出場したい。そう、いっていたそうです。借金もなく、ギャンブルもせず、彼女が、人と争っているところは、一度も、見たことがないと、管理人が、いっていました」

西本が、いい、日下は、

「彼女の部屋に、パソコンと携帯電話が残されていたので、領置してきました。パソコンや携帯電話に入っているデータは、ほとんどが運動選手としての、記録ばかりですね。携帯電話には、男性十五人と、女性二十人の名前と住所が、入っていましたが、この三十五人は、大学時代の同窓生か友人、現在、S大学の大学院で一緒に仕事をしている、同僚の名前と住所のようです」

と、いった。

神田のS大学に、話をききにいっていた三田村刑事と、北条早苗刑事の報告は、西本と、日下の報告を、裏付けるようなものだった。

「野中和江の生活は、そのすべてが、次の、オリンピックに向けての、準備だったように思えます。親しくしていた男性は、ひとりだけですが、この男性は、彼女の大学時代の陸上部の先輩で、現在は、彼女のコーチをしています。彼女は、大学院でフランス語を教えているんですが、熱心で、しかも、楽しかったと、教え子の学生たちは、証言しています。ですから、どうして、彼女が、撃たれたのか？　犯人をわり出すのは、少しばかり難しい気がします」

と、三田村が、いった。

北条早苗は、十津川に、こう報告した。

「野中和江の両親は、現在も、浜松で健在だそうです。私は、電話番号を、調べて、両親に、電話をかけました。そして、ひとり娘の和江さんが亡くなったことを、告げ、どんな娘さんでしたかと、きいたところ、子供の頃から、運動神経が優れていて、朗らかな、性格だったが、最近は次のオリンピックに出場できるようにと、生活のすべてをそれに向けて、用意していた。両親は、そう、答えています」

「野中和江は、次のオリンピックで四百メートルリレーのメンバーになろうとしていたし、有力候補だった？」

「そうです」

「だとすると、彼女がメンバーに選ばれれば、外れる人間が出てくるわけだろう？」

十津川のその質問には、三田村が、答えた。

「野中和江の、コーチをしていた男性に、話をききました。そうしたら、こういっていましたね。そういう問題、つまり、誰かが、リレーのメンバーに選ばれれば、当然、外れてしまう人間が、出てくる。しかし、それは、必ず起こることで、メンバーから外れたからといって、相手を、恨んでどうこうするというようなことは、アスリートのなかには、絶対に、いない。もっと明るく、前向きに考えるのが、アスリートですよといわれました。つまり、自分が、選ばれなかったのは、相手の才能というか、実力的に、自分が劣っていたからだと考えて納得するもので、いつまでもグズグズは、しないそうです。何しろ、スポーツというのは、結果が、数字になってちゃんと、出ますからね」

と、三田村が、いった。

「なるほど。そうなると、ますます、野中和江が、殺される理由が、なくなってしまうじゃないか」

と、十津川が、いった。

第二章

殺しの方程式

1

十津川は、今回の殺人事件の犠牲者、野中和江、二十五歳の周囲を、うろついていた人物がいなかったかを徹底的に捜査し、その人物との間に、何か、トラブルがなかったかを、調べていった。

しかし、刑事たちが、どこをどう調べても、殺された野中和江の周辺には、殺されなければならない理由らしきものが、見つからなかった。

したがって、容疑者も、誰ひとりとして浮かんでこないのである。

野中和江は、背後から二発も撃たれている。よほど強い憎しみを、犯人は持っていたとしか思えない。二十五歳で独身といえば、どうしても、男女関係のもつれということが考えられるのだが、いくら調べても、男の影は、見えてこなかった。

どうやら、野中和江は、非常勤講師としての自分の仕事に熱を入れていたようだし、次のオリンピックの四百メートルリレーの代表選手の座を狙って、毎朝、江戸川の土手を、ジョギングしていたらしい。有力候補といっても、まだ標準記録も、突破していないのである。

ということは、次のオリンピックを、狙うといっても、野中和江が標準記録を突破しなければ、その有力候補というわけでもなかった。したがって、彼女の脚力をねたんで、殺す人間がいたとも思えなかった。

一般的な人間関係も、調べてみた。彼女が籍を置いているS大での評判、野中和江が住んでいたマンションでの人間関係や評判も、きいている。

S大では、同じ非常勤講師に話をきいた。マンションでは、管理人と、マンションの住人から、話をきいた。

しかし、これといった話は出てこない。

誰にきいても、野中和江が、誰かから憎まれ、敬遠され、殺されるような理由は、浮かんでこないのである。

十津川は、悩んだ末に、

「京都にいってみたいな」

と、亀井《かめい》刑事に、いった。

「今回の事件と京都が、何か、関係あるんですか？」

「関係はないよ」

「では、なぜ、京都にいかれるんですか？」

「京都で、同じような事件が、起きているからだよ」

「若い女性が、射殺されたんですか？」

「いや、京都では、若い女性が狙われたが、実際には、撃たれていないし、殺されてもいない。被害者は、衣川愛理という二十五歳の新人女優で、トロッコ列車に乗って、保津峡の景色を、楽しもうとしていた。ちょうど一日、休みが取れたので、彼女はひとりで、そのトロッコ列車に乗った。ところが、車内で、見知らぬ男が近づいてきて『これは、悪戯ではありません。次のトロッコ保津峡駅で、誰かが、あなたを、銃で狙っています』そう告げられて、彼女は、席を替わった。ただ、それだけの話で、彼女は、撃たれなかった」

「似ていますか？」

「似ているといえば、似ているし、似ていないといえば、似ていない。ただ、今のままでは、捜査は、進展しそうにない。少しでも、関係がありそうな事件が、見つかれば、その事件を調べてみたいと思っているんだ」

「わかりました。いきましょう、京都へ。私も、捜査のいき詰まりを感じていて、どこかに、突破口がないかと捜していたんです」

と、亀井も、いった。

2

十津川と亀井は、京都に着くとまっすぐ府警本部にいき、問題の事件を担当している、木村《きむら》という警部に、話をきくことにした。

木村は、十津川に、いきなり、こんなことをいった。

「実は、私たちも、今回の、トロッコ列車の事件は、何とも、雲を摑《つか》むような話で、困っているんですよ」

「事件のどこが、曖昧《あいまい》で、困っておられるのですか？」

「事件の概要は、十津川さんもご存じでしょう？」

「一応、そちらからの連絡で承知しております」

と、断ってから、

「たしか、衣川愛理という、二十五歳の新人女優が、京都に、ドラマの、撮影のためにきていて、一日休みが取れたので、京都の嵐山から保津峡を、眺めて、亀岡にいくトロッコ列車に乗った。ところが、列車が、トロッコ保津峡駅に、着く寸前に、突然、見しらぬ男が、そばにきて、声をかけてきた。『誰かが、あなたを、銃で狙っています』そういって、男が、窓側に座っていた彼女と、席を替わった。そのあと、衣川愛理は怖くなって、マネージャーに相談し、マネージャーとともに警察に届けた。たしか、そういうことでしたよね？」

「ええ、そのとおりです。私が、被害者の衣川愛理という、女優に会って、彼女から、話をききました。芸能人には珍しく、といったら、怒られるかも、しれませんが、大変、真面目《まじめ》な女性で、彼女が嘘《うそ》をついているとは、とても、思えませんでした。しかしですね、彼女を、銃で狙う人物が、トロッコ保津峡駅に、いたかどうかが、わからないのです。ひょっとすると、彼女に、近づいてきて、あなたは、狙われているといって、脅かした男ですが、冗談で、いったのかもしれませんし、若い女優に、近づこうとして、出鱈目《でたらめ》を、いったのかもしれません。衣川愛理の証言の前半は本当のことだと思いますが、あとの半分、彼女が、本当に狙われていたのかという点は、今のところ、証明できないのですよ。何しろ、撃たれたわけじゃありませんから」

「なるほど」

「それでは、十津川さんのお話をおききしましょうか？　どうして、こちらの、事件に興味を持たれたんですか？」

きかれて、十津川は、東京の、江戸川の土手で起きた殺人事件について、簡単に、説明した。

「東京の事件には、こちらと違って、実際に、殺された被害者がいて、被害者を撃った、犯人がいます。しかし、いくら調べてみても、彼女が、殺される理由が見つからないのですよ。それで、捜査が、壁にぶつかってしまいました。そんな時に、こちらで起きた事件のことを思いだしました。東京の場合は、実際に、殺人がおこなわれていて、京都では、殺人が、おこなわれませんでした。その点は違っていますが、ただ、奇妙な点で、一致しているのです」

「奇妙な点といいますと、被害者に、気をつけなさいとか、警戒しなさいとか、そういう注意があった。そこが似ているということですか？」

「ええ、そのとおりです。しかも、危険だとか、狙われていると、声をかけてきたのは、東京では、被害者も、撃たれる寸前に、土手の上で出会った男が、彼女と同じように、ジョギングをしながら、危ないと、いったというんですよ。その点、こちらも、まったく見知らぬ人物が、被害者に警告したそうですね」

「そのとおりです」

「その点が、よく似ていますし、こうした事件では、事前に注意する人物が現れるというのは、稀《まれ》なことだと思うのです。私としては、こちらの事件について、どうしても、詳しいことが、知りたくなったのです」

と、十津川が、いった。

「たしかに、奇妙な事件だという点はよく似ていますが、十津川さんは、それを、どう解釈されているんですか？」

と、木村警部が、きいた。

3

「実をいうと、私のほうから、京都府警と相談したいと思っていたんです」

と、十津川が、謙虚に、いった。

二人は向かい合って腰をおろし、まず十津川が、チョークを持ち、両方の事件についての、自分の感想を、黒板に、書いていった。

事件の共通点
一　被害者は、二人とも二十五歳の独身女性であり、自立している。
二　二人とも、突然、男から危ない、注意しろと、声をかけられている。

三　被害者は二人とも、これという狙われる理由を持っていない。われわれが、いくら調べても、殺されるような理由が見つからない。

ここまで書いて、チョークを置くと、十津川は、木村警部に、いった。

「断定はできませんが、嵯峨野のトロッコ列車のなかで、衣川愛理に、声をかけてきた男と、江戸川の土手で、ジョギング中の野中和江に声をかけてきた男とは、もしかしたら、同一人物ではないか？　私には、そんな、気がするのです」

この十津川の意見に対して、木村は、

「しかし」

と、いった。

「どちらの話にも、リアリティがないんですよ。衣川愛理という女優は、最近になって、人気が出てきましたが、それでもまだ、ほとんどの人が、名前を知らないような、新人女優です。熱狂的なファンも、まだ、いないようですし、彼女に対して、ストーカー行為をするファンもいないと、マネージャーは、いっていました。そんな二十五歳の新人女優を狙うような人物が、本当に、いたのかどうか？　突然、トロッコ列車のなかで、声をかけてきた男は、ただ単に、新人女優を、脅かしてやろうと、そんな冗談めいた気持ちから、声をかけてきたのかも、しれません。何しろ、こちらの事件では、弾丸が飛んできたわけではありませんからね」

「たしかに、木村警部がいわれるように、こちらの後半には、リアリティがありません。しかし、東京と、京都で起きた、二つの事件ですが、登場する男が、同一人物の可能性は、否定できないと思うのです。まるで、リアリティがないからこそ、かえって、二つの事件には共通点があると、思うのですよ」

「たしかに、リアリティがない部分は、よく、似ていますね。しかし、それがどう事件と絡んでくるのか？　私には、その点が、よくわからないのですが」

と、木村が、いう。

「今、木村警部は、京都で起きた事件には、リアリティがないと、いわれました。私も、そう思います。しかし、このままでは、捜査は、進展しない。そこで、二つの事件に共通点がある。その点を深く考えていこうと思うのです」

「どんなふうに、ですか？」

「京都での被害者、衣川愛理は、トロッコ列車のなかで狙われていると、見知らぬ男にいわれた。男は、トロッコ保津峡駅で、誰かが銃で、あなたを、狙っていると、いった。しかし、それが、本当かどうかわかりません。そうですね？」

「そうです。実際に、銃で撃たれたわけでは、ありませんから？」

「東京の場合は、実際に、撃たれました。京都の場合も、トロッコ保津峡駅で、誰かが、銃を構えて、トロッコ列車に乗っている衣川愛理を、狙っていたと決めましょう。ただ彼女と代わって窓側に、男が座ってしまったために、犯人は、彼女を、銃で撃つことが、できなくなってしまったのではないでしょうか？　そう断定してしまおうじゃありませんか？　犯人が、架空の存在ではなくて、実際に、衣川愛理を、狙っていたと、考えるんですよ」

「なるほど」

「注意を呼びかけた男も同一人物だったとすると、犯人側も同一人物ということになります。少しばかり強引かも、しれませんが、私は今、そんなふうに考えているのです」

「ちょっと、待ってくださいよ」

木村が、十津川の言葉を遮《さえぎ》った。

「あまりにも、強引すぎるんじゃありませんか？　京都のトロッコ列車で狙われた衣川愛理と、東京で殺された野中和江の、この二人の間に、何か、共通点があれば、共通の犯人でも、もちろん、構いませんが、そういうものが、何か、ありますか？」

「カメさん。どう思う?」

十津川が、亀井に、声をかけた。

「共通点は、いくつかありますよ。女性、二十五歳、独身」

「それが、共通点ですか?」

木村が、苦笑する。

「犯人が、相手が女性だから、二十五歳だから、独身だから、それだけの理由で、二人も、殺そうとするでしょうか? 東京と、京都という離れた場所です。この二つの事件は、むしろ、別の事件と、考えたほうがいいのではありませんか?」

たしかに、木村の、いうとおりだが、それでも、何か別の共通点が、あるかもしれないと、十津川は、思った。

そう考えて、十津川が、野中和江の経歴書を机に広げ、木村警部が、衣川愛理の経歴書を机の上に置いた。

野中和江は、浜松の生まれで、今も浜松に、両親が健在である。一方、衣川愛理のほうは、東京の生まれで、父親は、すでに病死し、母親が、愛理の兄弟と一緒に、今も東京に住んでいる。

卒業した学校も違う。野中和江は、S大を卒業して、現在、S大の非常勤講師である。

　衣川愛理のほうは、短大を卒業すると、R芸能という芸能プロダクションに入り、今も、R芸能に所属している。

　身長は、野中和江が百六十七センチ、六十三キロと、筋肉質の体型。衣川愛理のほうは、身長、百六十八センチ、体重五十キロと、痩せ型である。

　趣味は、野中和江が手芸で、衣川愛理は、将来、何かの、役に立つということで、ギターを、習っているという。

「これを見る限りでは、共通点は、ありませんね」

　十津川が、いった。

「そうですね。亀井刑事が、いわれたように、二人の共通点は、女性、二十五歳、独身。本当に、これだけしか、ないのかもしれませんよ」

　と、木村が、いったあとで、

「しかしですね、三つの共通点は、共通点などといえないのではありませんか？　二十五歳の、女性で独身というのは、この世の中に、いくらでも、いますからね」

　ここで、議論が、止まってしまった。時間がたち、木村警部が、近くの食堂から、出前を頼んで、ひとまず、食事を、一緒にすることになった。

それぞれ、注文を出し、十津川はカツ丼を頼み、亀井はチャーハンを頼んだ。木村警部は、いつも頼むという天ぷらそばセットを、注文した。

食事が始まり、十津川は、箸を動かしながら、時々、黒板に書いた、自分の字を見つめた。

（このまま、何の収穫もなく、東京に、帰りたくはない）

と、十津川は、思っていた。

食事の途中で、十津川の、携帯が鳴った。電話をかけてきたのは、東京の捜査本部にいる西本刑事だった。

「浜松に住む、野中和江の母親から、電話がありました」

と、西本が、いった。

「どんな電話だ？」

「こちらで、娘さんが、殺された件について、何か、心当たりがあれば、連絡してくださいといっておいたことへの答えです。母親によると、何でも、殺された野中和江のことを、調べていた人物がいたそうなんですよ。どうやら、私立探偵か、興信所の人間らしくて、野中和江が、独身なので、結婚の意思があるかとか、どんな、性格なのかとか、決まった恋人がいるかどうかとか、そんなことを、きいてきたそうです」

「それをきいてきたのは、本当に、興信所の人間か、あるいは、私立探偵というのは、間違いないのか？」

「母親がいうには、娘さんは、本当に独身なのか、結婚する意思が、あるのかないのかを、しつこく、きいてきたそうです。ですから、相手は、私立探偵か、興信所の人間に違いないと、思ったそうです」

「それは、いつ頃の、話なんだ？」

「五月の初め、だったそうです。ですから、野中和江が殺される二週間ほど前、ということになりますね。この話、何かの、参考になりますか？」

「ああ、なったよ。しらせてくれてありがとう」

と、十津川が、いった。

4

食事が終わり、コーヒーを飲んでいる時に、十津川は、西本からの電話の内容を、亀井と木村に伝えた。

「もし、女優の、衣川愛理さんにも、同じように、身辺を調べている人物がいたら、それが共通点に、なりますね」

木村は、衣川愛理のマネージャー、青木に、電話をかけた。

電話に出た青木に、木村警部が、同じ質問をすると、電話の向こうで、笑った。

「衣川愛理は、いろいろな週刊誌などで、自分は今、仕事が、楽しくて仕方がないので、当分の間は、結婚するつもりはない。三十歳をすぎたら考えると、いつも、そういっているので、今、警部さんが、いわれたような、興信所や私立探偵から、結婚に関する、調査をされたようなことは、ありません」

「しかし、週刊誌などからの、問い合わせは、あるのでは、ありませんか？」

「ええ、ありますよ。若くて、最近、ちょっと、人気が出てきましたからね。でも、今もいったように、たいていのことは、もう、知られていますからね。それなのに、馬鹿な週刊誌が、ありましてね。三月の初めだったと思うのですが、衣川愛理は、今年で、何歳になったかとか、恋人が、いるのかとか、本当に、独身なのかとか、いろいろと、野暮な質問をしてきたことがありましたね。それで、私は、そんなことは、タレント名鑑を、見ればわかりますよと、いったんですけどね」

「野暮な質問だと、いわれましたが、そんなものですか？」

「ええ、そうですよ。特に、衣川愛理のように若い女優で、これから、名前が売れていきそうな芸能人は、嘘なんか、つきませんからね。独身、二十五歳、三十歳まで、結婚はしないつもり。そういうことを絶えず、彼女自身が、いっていますから、いまさら、それを、ウチに電話して、質問してくるのは、おかしいんですよ」

「三月に電話をしてきたのは、どこの、週刊誌かわかりますか？」

「いや、電話をかけてきた時は、週刊Kの記者だと、いっていましたけど、あとで、きいたら、違っていました」

「つまり、週刊Kの名前を、騙《かた》って、別の人が、青木さんに、電話をしてきたということですか？」

「そういうことですね。本当に、週刊誌の記者だったのかどうかも、わかったもんじゃありません」

「これでやっと、四つ目の、共通点が見つかりましたね」

十津川が、木村に、いった。

「しかし、はたしてそれが、共通点といえるのでしょうか？」

「私は、こう考えるのですよ。東京で殺された、野中和江の母親のところに、興信所か、私立探偵が電話をしてきて、娘、野中和江のことをいろいろと訊《たず》ねた。独身かとか、何歳なのかとか、どんな性格なのかとかを、きいてきたので、明らかに、結婚調査だと、母親は、いっていましたが、私は、ちょっと違うと、思うのです。誰かが、興信所の人間か、私立探偵を装って、野中和江の母親に、電話を、かけてきたんですよ。年齢や、独身かを確認しようとです。衣川愛理も、週刊誌の記者を、騙って、誰かが確認のために、電話をかけてきたのだと、思いますね。その電話の主は、私は、同一人物の可能性が、あると思いますね」

「しかし、十津川さんの考えは、独断が、すぎるんじゃありませんか？」

と、木村が、いった。

「たしかに、自分でも、独断的で、リアリティがないことは、よく、わかっています。しかし、今回の事件は、東京も、京都も、奇妙で、まともに、捜査をしていくだけでは、どうしても、壁に、ぶつかってしまいます。そこで、今回の事件には、飛躍が、必要ではないかと考えて、馬鹿げているかもしれませんが、勝手に、想像をたくましくしているのです」

「十津川さんが、今、考えていることを、教えてください」

どうも、木村は、頭から、十津川の考えを信用していないフシが、あった。

それでも、十津川は、この場で、考えたことを、すべて正直に、木村警部に伝えることにした。

「ここに、奇妙なことを考えて、それを、実行している人間たちがいます。個人ではなくて、グループです。グループは、二つにわかれて、若い娘を、殺す側と、その娘を守る側になっています。殺すか、守れるかを競い合うのです。まず、獲物が選ばれます。二十五歳、独身の女性です。獲物が決まると、彼らは、何月何日の、その獲物の行動を、殺す側、守る側の双方に教え、その日一日で、片方には、殺すことに全力を尽くさせ、もう片方は、何とかして、それを、防ごうとする。京都の衣川愛理の場合は、守り切って殺させませんでした。しかし、東京の野中和江の場合では、守る側が負けて、殺されて、しまいました。ターゲットの二人の女性の、共通点がなくても、構わないのです。というよりも、最初から、何の関係もないのです。とにかく、二十五歳で、独身の女性ならば、彼らは平気で、標的に、してしまうのです。連中は、たぶん、これからも、同じことを続けていくような気がします」

「まるで、ゲームじゃ、ありませんか？　殺人ゲーム」

「ええ、そうですね。形は、殺人をテーマにした、ゲーム以外の何物でもありません」

と、十津川が、いった。

「しかし、どうにも、納得できませんね。あまりにも、馬鹿げていますよ」

と、木村が、いった。

十津川が、笑った。

「それは、そうです。話している私自身も、あまりにも、馬鹿げていると、思っているんですから。それでも、こんなふうに、考えないことには、事件の真相が見えてこないんですよ。それでは、木村さんが、馬鹿げていると思う点を、ひとつひとつ、指摘して、いただけませんか？」

「誰でも疑問に思うのは、そのグループが存在しているとして、なぜ、そんな殺人を、始めたのかということです？」

と、木村が、いった。

「正直にいって、その答えは、私にも、わかりません。しかし、そうした殺人ゲームが、計画され、実行されていることは、間違いないような気がするのです」

「しかし、何のために、やっているのかが、わかりませんね」

「そうです。わかりません」

「次の、疑問です」

「どうぞ」

「なぜ、連中は、二十五歳で、独身の女性ばかりを、狙うんですか？　それに理由があるんでしょうか？」

「とにかく、若くて独身の女性を殺すことに喜びを、感じているとしか、思えません。二十五歳という年齢も、私は、たまたま、東京と京都で、狙われた女性が二十五歳だったということだけで、三人目のターゲットは、二十歳かもしれませんし、二十七歳かもしれません。とにかく、若い女性が、狙われていることだけは、間違いないと、思います」

結局、十津川は、自分の想像を話し、それをきいた京都府警の、木村警部は、半ば信じ、半ば疑問を持って、話し合いは、終わってしまった。

翌日、十津川は、東京の捜査本部に、帰ることにした。

その新幹線のなかで、亀井が、いった。

「木村警部は、半分ぐらいしか、警部の話を信じて、いなかったですね」

十津川は、笑って、

「それは、当然だよ。私自身、半分しか信じていないんだからね」

十津川と亀井の帰りを、待っていたかのように、事件が起きた。

5

六月二十日、K電鉄の女性社員三人が、休暇を取って、西伊豆の堂ヶ島にきていた。

三人の共通点といえば、全員が、二十代で独身、旅行と植物のランが、好きなことだった。

そこで、堂ヶ島にいき、そこにある、有名な、世界中のランを、集めているといわれている植物園を訪ねることにしたのである。

一日目の六月二十日は、東京から電車で下田までいき、そこからは、バスで堂ヶ島に向かった。

堂ヶ島では、予約しておいた、ホテルMにチェックインした。明日は、憧れのランの植物園に、いく予定である。

温泉に入ったあと、三人は、浴衣《ゆかた》姿のまま一階の大食堂にいき、そこで、夕食を取ることになった。

夕食のあと、三人は、ホテルのなかの、バーにいって、カクテルを飲んだり、カラオケを歌ったりして、十二時すぎまで、楽しんでから、部屋に戻った。

寝る時になって、三人のなかのひとり、松田留美《まつだるみ》は、浴衣のたもとに、違和感を感じて、手を入れてみた。そこには、いつの間にか、一通の封筒が入っていた。

封筒の表には〈松田留美様〉と書いてあったが、差出人の名前はない。

（いつの間にこんなものが）

と、思いながら、松田留美が、中身を、取り出した。便箋《びんせん》が一枚、入っていた。

〈松田留美様
あなたは、命を狙われています。この旅行中は、特に、気をつけてください〉

書いてあったのは、それだけである。

ほかの二人が、覗《のぞ》きこんで、

「何なの？　もしかして、ラブレターじゃないの？」

と、ひとりが、いった。

「そんなもんじゃ、ないわ」

「でも、誰かが、その手紙を、あなたの、浴衣のたもとに、入れたのはたしかなんだから、ラブレターよ、きっと」

と、ひとりがいい、もうひとりが、

「きっと、あのバーにいた、背の高い男性じゃないかしら？　だって、あなたのことを、時々、見ていたから」

と、いった。

「そんなんじゃ、ないわ」

「でも、私たちには、そんな手紙、入っていなかったもの」

もうひとりが、いった。

しかし、留美が、その手紙を二人に、見せると、その内容を読んだほかの二人は、急に、言葉を、飲みこんでしまった。

「どうしたらいいかしら？」

と、留美が、二人に、きいた。

「そんなの、本気じゃないから、気にすること、ないわよ。あなたは、誰からも恨まれて、いないでしょう？」

「ええ、そんなことは、ないわ」

「じゃあ、安心だわ。きっと、バーで、あなたに、デュエットしないかと誘った、親《おや》爺《じ》がいたじゃないの？　あれ、断ったでしょう？」

「ええ、断ったわ」

「それで、あの親爺が、あなたを、脅かしてやろうと思って、急いで、その手紙を書いて、あなたの浴衣のたもとに、入れておいたのよ。そうに、決まっているわ」

他の二人が、口を揃《そろ》えて、いった。

結局、この手紙のことは、地元の警察にも黙っていることにして、三人は、そのまま、眠ってしまった。

六月二十一日、ホテルで、バイキング形式の朝食をすませると、三人は、喜び勇んで、ランの植物園に、いった。

世界中のあらゆる種類のランが、一階にも二階にも、ところ狭しと、咲き乱れていた。

三人は、世界中のランを、見ているうちに、いつの間にか、バラバラに、なってしまった。しかし、松田留美は、別に、心配はしなかった。時間になれば、植物園の入口で、待ち合わせることに、決めていたからである。

一階には大温室、二階から三階にかけては、小さな温室が、いくつかあって、世界中のランが、咲き誇っている。

留美が、そのなかのひとつの、温室に入っていって、タイのランを見ていたとき、突然、銃声が響いた。

一発の弾丸が、留美の右胸に、命中した。悲鳴をあげて倒れかけた時、二発目が、留美の左胸元に命中した。

6

五分後に、倒れている、松田留美が発見され、救急車が、駆けつけたが、救急隊員は、松田留美が、すでに、絶命しているのを知って、今度は、一一〇番した。

静岡県警からパトカーが、きたのは、十五分後である。

明らかに、松田留美は、心臓の近くを、二発撃たれたことが原因で、亡くなっている。まぎれもなく殺人である。

今度は、静岡県警の、捜査一課の刑事と、鑑識が、やってきた。

死体は、司法解剖のために、静岡市の大学病院に送られ、被害者の同僚二人、南《みなみ》さつきと、榎本真紀子《えのもとまきこ》はホテルに戻り、捜査一課の、浜口《はまぐち》警部からいろいろときかれることになった。

　最初のうち、二人のＯＬは、友人の松田留美が殺されたことに、ショックを受けて、浜口警部の質問にも、まともに、答えることができなかったが、落ち着いてくると、昨日の夜、松田留美の浴衣のたもとに、入っていた、奇妙な手紙のことを、思い出して、そのことを話した。

「その奇妙な手紙は、今、どこにありますか？」

　と、浜口が、きいた。

「どこにもありません。縁起が悪い。持っているのが、怖いといって、彼女は、燃やしてしまったんです」

　と、南さつきが、いった。

「そうですか、燃やしてしまったのですか」

　浜口は、残念そうに、いい、

「書かれていた内容は、覚えていますか？　もし、覚えているのなら、それを、教えてください」

「私は、覚えています」

　と、いって、二十八歳の南さつきが、暗唱するように、いった。

「『松田留美様。あなたは、命を狙われています。この旅行中は、特に、気をつけてください』こう書いてあったんです」

「差出人の名前は、書いてありましたか？」

「それは、書いてありませんでした」

「普通のボールペンで、書いてあったんですか？」

「普通のボールペンで。綺麗《きれい》な字でした」

「パソコンで打ったものでは、なかったんですね？」

「ええ、そうです。バーで、飲んでいる時に、留美をカラオケに誘って断られた、六十歳ぐらいの、親爺さんがいたんですよ。だから、私たち、てっきり、その親爺さんが、彼女に、カラオケを断られたので、その腹いせに書いたものだと、思っていたんですが、もちろん、悪い冗談だと思って本気になんかしていなかったんです」

「このホテルに泊まっている客のひとりですか？」

「ええ、このホテルの浴衣を、着ていましたから、そうだと思います」

さつきが、いった。

すぐ二人の刑事が、その親爺を、捜し出すためにフロントにいき、その後、ホテルの従業員たちから、聞き込みを、始めた。

十分後には、問題の親爺が、見つかって、二人の刑事が、連れてきた。

「どうですか、この男性で、間違いありませんか？」

と、浜口が、きいた。

二人が、黙って、うなずいた。

「あとで、あなたに、おききしたいことが、ありますから」

と、いって、浜口は、その男を、部屋から出しておいて、南さつきと、榎本真紀子にきいた。

「被害者の松田留美さんですが、誰かにストーカー行為をされていたとか、いやがらせをされていたとか、そのようなことをした男の名前を、いっていたことは、ありませんか？」

「いいえ。彼女は、最近、恋愛よりも旅行とか、ランの栽培に、夢中になっていましたから、男の人に、ストーカー行為をされているようなことは、なかったですよ」

と、真紀子が、いった。

「それでは、会社のなかでも、敵は、いませんでしたか？」

「ええ、いませんでした。社内の誰とも、仲よく、やっていましたよ。彼女、そういう点は、頭がいいから」

と、さつきが、いった。

「三人とも、二十代ですね？」

「ええ、私が、いちばん年上で、二十八歳です。留美が、二十五歳、真紀子は、二十二歳」

と、さつきが、答えた。浜口警部は、二人に、

「申しわけありませんが、ほかにもいろいろとおききしたいこともあるので、もう一泊していただきたい。もちろん費用は警察が持ちます」

と、頼んでから、今度は、別室で、さっきの男から、話をきくことにした。

「昨夜、ホテルのバーで、一緒に飲んでいて、あなたは、殺された松田留美さんを、カラオケに、誘ったんですね？」

浜口が、きいた。

「ええ、誘いましたよ、しかし、断られました」

「断られて、腹が、立ちましたか？」

「少しは立ちましたが、ほかの女性と、デュエットしたので、すぐに、収まりました」

「実は、殺された、松田留美さんですが、バーで飲んで、部屋に帰った時に、浴衣のたもとに手紙が、入っていたというんですよ。そこには『あなたは、命を狙われてい

ます。この旅行中は、特に、気をつけてください』と、ボールペンで書かれた手紙が入っていたというのです。ひょっとして、あなたが、その、手紙を書いたのでは、ありませんか？」

「とんでもない。そんな馬鹿なことは、しませんよ」

「しかし、今、彼女に、デュエットを拒否されて、腹が立ったと、いったじゃありませんか？」

「ええ、いいましたよ。でも、ほかの女性とデュエットしましたから、彼女から、断られたことは、忘れていました」

「申しわけありませんが、この紙に、私のいうとおりに、ボールペンで、書いてもらえませんか？」

と、いって、浜口警部は、ボールペンと便箋を、男に、差し出した。

「『あなたは、命を狙われています。この旅行中は、特に、気をつけてください』このとおりに書いてください」

「刑事さんは、やっぱり、私のことを疑っているのですね？」

男は、明らかに不満そうな顔で、浜口に、いった。

「書いてもらえれば、もう疑いませんよ。しかし、拒否されると、われわれとしては、あなたのことを、疑わざるを得なくなってしまいますよ」

「わかりました。書きますよ」

男は、ボールペンを手に取ると、便箋に、

〈あなたは、命を狙われています。この旅行中は、特に、気をつけてください〉

と、書いた。

「いいでしょう。今日、お帰りに、なるのですか?」

「こんな事件にぶつかって、その上、刑事さんに、疑われて、楽しく、なくなってしまいましたから、今日の午後には、東京に帰ることにします」

「帰る前に、住所と名前を書いてください」

と、浜口が、いった。

男は、いわれるままに、東京の住所と、自分の、名前を書いた。

7

浜口は、男の書いた便箋を、南さつきと榎本真紀子の二人に、見てもらった。

「この文字ですが、あなた方が、昨夜見た、妙な手紙の筆跡と、似ていますか？」

「いいえ、全然、似ていません」

と、さつきがいい、真紀子も、

「似ていませんわ。これよりもっと、綺麗な字でしたよ。全然、違います」

と、いった。

（どうやら、あの男は、犯人では、ないらしいな）

と、浜口警部は、思った。

翌日には、司法解剖の、結果が出た。死因はもちろん、胸部を撃たれたことによる、ショック死だった。二発命中した弾丸も静岡県警捜査一課の浜口警部の元に、送られてきた。

その時、浜口警部は、東京と京都で起きた二つの事件を、思い出していた。

（どこか、似たような事件だな）

と、浜口は思い、警視庁に、連絡することにした。

第三章

動機を探る

弾丸につけられた線条痕《せんじようこん》が一致した。これで、東京の江戸川で、起きた殺人事件と、西伊豆の堂ヶ島で起きた殺人事件に、使用された銃が、同じ物だという可能性が、大きくなったことになる。

この事実は、直《ただ》ちに、静岡県警と、警視庁にしらされた。

「こうなると、すぐにでも、浜口さんとお会いする必要がありますね」

十津川のほうから、静岡県警の浜口に電話すると、

「私も、そう思います」

という返事が返ってきた。

京都府警の木村警部を呼ぶことを、十津川は、浜口に了承してもらった。

1

六月二十五日の午後、東京の捜査本部で、十津川は、京都府警の木村警部、静岡県警の浜口警部の二人と会うことになった。木村と話し合うのは、二回目だが、木村と浜口は、今日が初対面ということだった。

十津川を入れて三人、それに、亀井刑事が、参加して、四人で話し合うことになっ

た。

途中で、夕食の時間になると、近所の中華料理屋から、好みの中華料理の出前を取り、それを食べながらの議論が続いた。

前に、十津川と木村が話し合った時は、東京と京都で起きた二つの事件は、似通っていて、まるで、ゲームのような、感じがするということで、二人の意見は、一致していたが、それ以上の合意は、得られなかった。

今度は、少しばかり、事情が違った。東京の江戸川と、西伊豆の堂ヶ島で使われた銃が、どうやら、同一の物ということが、わかったからである。

もちろん、同一の凶器が、使われたからといって、犯人も同一犯であるとは、限らないが、その可能性は、高くなった。

「以前に、京都府警の木村警部と話し合った時には、犯人がゲームをしているような軽い感覚で、殺しを楽しんでいるのではないかという話も出たんです」

十津川は、静岡県警の浜口にいった。

「実は、私も、今回の殺人事件については、ゲーム感覚のようなものを、感じています」

と、浜口がいった。

「同じ職場に勤務する二十代の女性三人が、堂ヶ島にきて、ランの植物園を見にいき、二十五歳の女性が殺されたんですが、殺される前に、手紙を、浴衣《ゆかた》のたもとに入れられているんですよ。それには『あなたは、命を狙われています。この旅行中は、特に、気をつけてください』と、書いてあったというのです」

「よく似ています」

京都府警の木村が、いった。

「京都では、実際には、殺人はおこなわれなかったのですが、二十五歳の女性を、守ろうとする側と、反対に、殺そうとする側がいて、まるで、ゲームを楽しんでいるかのように見えています」

「考えることは、いくらでも、あるように思えます。それを、ひとつずつ、取りあげていこうと思いますね」

と、十津川が、いった。

「私が考えるのは、犯人たちは、本当に殺人ゲームをやっているのかということです」

京都府警の木村がいう。

「たしかに、形としては、完全に殺人ゲームですね」

浜口が、応じた。

木村は、うなずいて、

「守る側と攻撃する側にわかれていて、狙うのは、若い女性ですから、たしかに、完全にこれは殺人ゲームで、犯人たちは、それを、楽しんでいるように、見えます」

「しかし、単なる殺人ゲームとは、少しばかり違うのではないか？　そんなふうにも、考えているんです」

と、十津川が、いう。

「どこがですか？」

と、浜口が、きく。

「単に、殺人を、楽しんでいるだけならば、ターゲットは若い女性で、二十歳でも、十八歳でも、いいわけです。しかし、狙われた女性は、三人とも、なぜか、年齢が同じ二十五歳です。二十歳でも二十六歳でもなく、二十五歳です。そこに、何か意味があるのかどうかは、わかりませんが、それが引っかかるのです」

「たしかに、犯人は、女性の年齢に、こだわっているように思えますね。こちらの事件の時、三人の二十代の女性が、一緒に、東京からやってきて、堂ヶ島のランの植物園を楽しんでいました。三人のなかで、殺されたのは、間違いなく、二十五歳の女性です」

「三人の女性が、一緒だったといわれましたが、年齢は、三人とも、違っていたんですか？」

「二十二歳、二十五歳、二十八歳でした。そのなかの、二十五歳の女性が殺されました」

「慎重に考えたいのですが、三人のなかで、殺された女性がいちばん派手な感じだったとか、ひとりだけ独身だった。あるいは、ひとりだけ、背が高かった。そういうことは、ありませんか？」

十津川が、きいた。

「私も、三人の女性がいて、そのなかのひとりだけ、狙われましたからね。ほかの二人とは、違っているのではないかと思って、調べてみたのですが、いちばん派手だという感じでもないし、服装も、一緒にいた、二十二歳の同僚のほうが、派手で目立っていましたよ。また、三人とも独身です。ひとりだけ、背が高いということも、ありませんでした。百六十五センチ、五十二キロで平均的な数字です」

「三人のなかで、殺された女性だけが二十五歳だった。その違いだけですか？」

「そのとおりです」

「やはり、なぜ、二十五歳かということになってきますね」

木村が、断定するように、いった。

(偶然、ターゲットが二十五歳だったというわけではないだろう)

と、十津川も、思っていた。

犯人たちは、二十五歳の、女性の経歴とか、性格、あるいは、独身かどうかなどを、前もって、調べているからである。

「年齢が、二十五歳ということは、三人の女性に共通していますが、そのほかに、何か、共通点はありませんかね。それがあれば、捜査は、進展すると思いますが」

と、十津川が、いった。

もうひとつ、三つの事件の犯人が、なぜ、二十五歳の独身の女性にこだわったのか、その動機である。

この二つは、ある意味、重なっている。

動機については、三人の意見は、簡単には、一致しなかった。

何人かのグループが、攻撃する側と守る側にわかれて、ゲーム感覚で、二十五歳の独身の女性を殺したり、殺しかけたりしている。簡単な動機としては、グループのなかのひとりが、二十五歳の女性が好きになり、つき合っていた。これは、殺人が始まる前の話である。

ところが、その男が、彼女に、手ひどく裏切られて、自殺してしまった。

そこで、仲間が、彼の死を悼《いた》んで、復讐《ふくしゅう》を考えたが、あっけなく、彼女は、病気で、死んでしまった。自殺した仲間の恨みも、少しは、晴れたと考える者もいたが、これでは、仲間の悔しさが、宙ぶらりんに、なってしまう。どうしたらいいかと考えた時に、自殺した仲間のために、世間を、騒がせてやろうじゃないかと決めて、とにかく、二十五歳の独身の女性を、次々に殺していこうと決めた。

ただ、これでは、何も知らずに殺される二十五歳の女性が、あまりにも可哀《かわい》そうで、自殺した仲間も、浮かばれないだろう。

そこで、彼らは、守る側と、攻撃する側にわかれて、一種のゲームを、始めることにした。

これが、最初に生まれた、考えだった。

ほかにも、こんな意見が出た。

ここに、資産家のひとり息子がいる。

ある時、この男が、狂気に襲われた。猟銃を手にして、若い女性を、殺しにかかったのである。

この息子の周囲には、父親が、学費を出し、生活の面倒を見ている若者が何人かいた。彼らは、何とかして、息子の狂気を、防ごうとした。

警察には、知られたくない。彼が捕まれば、自分たちを、世話してくれている父親が、傷つくからである。

ただ、息子の狂気を、抑えるのではなくて、逆に、標的になるような、若い女性を探してきては、それを、息子にしらせる。ただし、殺人を防ぐ者もいて、一見すると、ゲームのような形になった。それを続ければ、ひとり息子の狂気は、治まるのではないかと考えた。

三人の間で考えられた動機は、こうしたものだったが、どのストーリーにも、リアリティが不足していて、自分で否定する結果になった。

2

もうひとつの、被害者たちの共通点である。

わかっている共通点は、二十五歳、女性、独身、この三つだが、四番目からの共通点を、見つけるのが難しかった。

三人の被害者については、十津川をはじめ、二人の警部が、自分たちで調べたものを、メモして、黒板に、貼りつけている。

第一は、被害者が、どこで生まれ、どこで育ったかである。

京都で、殺されかけた衣川愛理、二十五歳は、東京生まれの東京育ちで、東京の短大を卒業していた。

江戸川の土手で撃たれて死んだ野中和江は、静岡県浜松市の生まれで、地元の高校を卒業したあと、東京のS大に入っている。

西伊豆の堂ヶ島で、撃たれて死んだ松田留美は、北海道函館の生まれで、地元の高校を卒業すると、上京して、K電鉄で事務の仕事に就いた。彼女の勤めるK電鉄は、千葉県を走る私鉄である。

三人の住所も、それぞれ違っている。

次は、家庭環境だった。

それぞれの警察が、調べていたが、これはといえるような共通点は、見つからなかった。

野中和江の両親は、まだ健在で、浜松に住んでいた。松田留美も、両親は、北海道の、函館にいて健在である。

ただひとり、衣川愛理は、母親は健在だったが、父親は、三年前に、病死していた。

三人の女性の身長と体重も調べていた。

衣川愛理は、百六十八センチ、五十キロ。野中和江は、百六十七センチ、六十三キロ。そして、松田留美は、百六十五センチ、五十二キロである。

身長、体重の面では、似たり寄ったりだが、今の日本の若い女性の、これは、平均的な、身長であり、体重といえるだろう。

とすれば、これもまた、三人が狙われた条件には、なりそうもない。

趣味もまた、三人が三人とも、別々だった。

女優の衣川愛理は、現在、ギターを、習っていた。

江戸川で、殺された野中和江の趣味は手芸で、オリンピックの四百メートルリレーに、出場することを念頭に入れて、毎日のように、ジョギングをしていた。

堂ヶ島で殺された松田留美は、買い物と旅が趣味だった。

今回の事件の犯人グループは、二十五歳の独身の女性を選んで、ゲーム感覚で殺していくのではないかという考えもあったが、反対に、三人が二十五歳であることは、偶然の一致だという考えも捨て切れなかった。また、この三人に、何か共通した秘密があるのではないか？　その秘密のために、次々と殺されてしまっているのではないかという考えもあった。

それは、プラスの秘密でもいいし、マイナスの秘密でもいい。マイナスの秘密とすれば、この三人は、何年か前に、どこかで出会っていたと考える。その時に、殺人を目撃した。あるいは、犯人を目撃したが、その時、何か理由があって、警察にしらせることをしなかった。

ところが、その時の、加害者が、三人の名前を調べあげて、三人の口を封じるために、次々に殺していった。

幸い、ひとりだけ、衣川愛理が生き残っている。あのあと、衣川愛理は、東京に戻っていた。

ただ、以前は、世田谷区内のマンションに住んでいたのだが、あの事件以来、衣川愛理は身の危険を感じて、所属するプロダクションが持っているマンションに、ほかの若手俳優や、新人歌手などと一緒に住んでいた。

そこで、三人の警部は、自分たちのさまざまな疑問を調べるために、衣川愛理に会いにいった。

3

マネージャーがつき添って、話をきくことになった。

まず、十津川が、二人の顔写真を、衣川愛理の前に、置いた。

江戸川の土手で殺された野中和江と、西伊豆の堂ヶ島で殺された松田留美の顔写真である。

「この二人は、野中和江さんと、松田留美さんと、いいますが、野中和江さんは、東京の、江戸川の土手で殺され、松田留美さんは、西伊豆の堂ヶ島で、殺されています。この二人の顔に、見覚えはありませんか？　顔はわからなくても、野中和江と松田留美という名前に、心当たりは、ありませんか？」

十津川が、きくと、愛理は、しばらくの間、二枚の写真を見て、考えこんでいたが、

「残念ですけど、このお二人の顔には、見覚えがありません。野中和江さんと松田留美さんという名前にも、記憶がないんです。ひょっとすると、お二人は、私のファンですか？」

「残念ながら、どちらの、自宅マンションにも、あなたに関係するものは、置いてあ

りませんでしたから、ファンということでは、ないと思いますね。二人とも、あなたと同じ、二十五歳です。嵯峨野のトロッコ列車で、あなたを、狙おうとした犯人がいますよね？　同じ犯人に、この二人は、殺された可能性があるのです」

十津川が、いうと、衣川愛理の表情が、こわばった。

「もうひとつおききします。何年前でもいいのですが、どこかで、殺人を目撃したとか、ひき逃げを目撃したとか、何か事件を、目撃した経験はありませんか？」

「いいえ、一度も、ありません。もし、そんなことがあれば、すぐに、一一〇番していいます」

と、愛理が、いい、マネージャーも、

「彼女が一一〇番しなくても、私が一一〇番していますよ」

と、いった。

「もう少し、具体的に伺いますが、旅行は、お好きですか？」

「ええ、もちろん。ただ、最近は忙しくて、なかなかいけませんけど、二十歳頃は、ひとりで、あちこちに、よく、旅行にいきました」

「その旅行先で、何か、事件を目撃していませんか？　旅行先でもいいし、途中の電車のなかでとか、車のなかでとか、走っている途中でも、構いませんが、何か事件を、目撃したことはありませんか？　殺人の現場といったケースでなくてもいいんです。人が殴られているのを、見たとか、交通事故を、目撃したということでも構いません。何か事件を、目撃したことはありませんか？」

「いいえ、ありません。何か事件を目撃していたら、今も申しあげたように、すぐ一一〇番か、一一九番していますけど」

と、愛理が、いう。

「しかし、列車の窓から目撃したとすれば、一一〇番したくても、すぐには、できないでしょう？　列車が、どこかの駅に、到着してから一一〇番する。ひょっとすると、見間違えたのかもしれないと考えて、一一〇番しなかったケースも、あったんじゃありませんか？」

「そんなことは、一度もなかったと思いますけど」

と、愛理が、いう。

少しずつ、曖昧な、答えになっていった。

「松田留美さんは、趣味が、旅行なんですよ。東京の江戸川の土手で殺された野中和江さんは、オリンピックの四百メートルリレーの選手を目ざしていたのですが、マラソンも好きでやっていて、各地で、マラソン大会がある時は、出かけていますし、日本のなかを旅行することも、しばしばあったようなのです。そこで、もう一度、考えていただきたい。写真の二人と、偶然、日本のどこかで、一緒になったということはありませんか？　どこでもいいんですよ。列車のなかでもいいし、デパートのなかでもいい。あるいは、何かのお祭りの時でも、構いません。その時に、何か事件があって、それを、あなたは、こちらの二人と一緒に、目撃したが、何か、理由があって、一一〇番できなかった。そういうことがありませんでしたか？」

「何回もいいますけど、もし事件を目撃していれば、絶対に、一一〇番しますけど」

愛理が、頑固に、いい、同席しているマネージャーも、

「彼女は、市民の義務のようなことには、わりと、うるさいんですよ。すごく、しっかりしているんです。ですから、彼女がいっているように、事故や事件を目撃していれば、必ず、一一〇番か、一一九番していますよ」

「しかし、どうしても一一〇番できないことだってあるでしょう？」

「いえ、そんなことは、なかったと、思いますけど」

「二十歳の頃は、ひとりで、旅行することが、よくあったと、おっしゃいましたね？」

「ええ、その頃は、仕事が、ないことも多かったので、そんな時には、好きな場所に、旅行にいっていました」

「例えば、日本各地で、観光用にトロッコ列車が動いています。それにひとりで、乗ったことも、あると思うのですが」

「ええ、二十歳から二十二歳くらいまでは、仕事が、あまり、ありませんでしたから、九州にいって、トロッコ列車に、乗ったこともありますけど」

「その頃は、ひとりで、旅行していたわけでしょう?」

「ええ、そうです」

「そうすると、トロッコ列車の、同じ車両には、まったく知らない人たちが、一緒に、乗っていたことに、なりますすね。そのなかには、この写真の二人も、乗っていたかもしれないでしょう?」

「ええ、それは、そうですけど」

「その時、遠くのほうに、事件を目撃したんじゃ、ありませんか? 例えば、男と女が、川のそばに、立っていて、突然、男のほうが、女を、突き飛ばした。それを目撃したので、一一〇番しようとした。そばには、この写真の女性が、二人いた。そこで、あなたは、この二人に『今の光景を見たでしょう?』と、同意を求めた。しかし、ひとりは『覚えていない』といい、もうひとりは『目撃はしたが、あれは突き飛ばしたのではなくて、ふざけて突いただけなんじゃないか?』という。そのうちに、トロッコ列車は、どんどん、現場から離れていってしまい、そうなると、あなたも、だんだん、自信が持てなくなって、結局、一一〇番しなかった。そういうケースも、あり得るのではありませんか?」

「そんなことは、一度もなかったと、思いますけど」

と、愛理がいう。

しかし、愛理の顔は、どんどん自信がなくなっていくような感じの表情だった。

「もし何か、今、私が話したケースと、似たような経験があったら、すぐ、私に電話をしてください」

と、十津川は、いったあとで、

「あなたは、京都で、奇妙な事件に、遭遇しました。あなたに、注意した男がいて、逆に、あなたのことを狙っている男もいた。それから、京都から、東京に帰ってこられたわけでしょう? そのあとで、何か、脅迫めいた手紙とか、電話とかは、ありませんでしたか? もちろん、メールやファックスでもいいのですが」

と、木村が、きいた。

「京都から帰ってきてから、そういうものは何もありませんでしたけど」

と、愛理が、いった。

十津川は、マネージャーに目をやって、

「もし、彼女に脅迫めいた手紙や、電話などがあった場合は、あなたのところで、止めてしまうのではありませんか？」

「そうですね。彼女は、女優ですから、心配事を持たせてはいけないですからね。マネージャーとしては、そういう点には、特に、気をつけるものですよ。脅迫の手紙もそうですが、借金の申しこみなども、すべて、私のところで、抑えています」

と、マネージャーが、いった。

「もう一度、おききしますが、京都から帰ってきたあと、彼女に、脅迫の手紙や電話は、ありませんでしたか？」

十津川が、改めて、きいた。

「東京に戻ってから、現在、テレビの連続ドラマの、撮影に入っているのですが、そのドラマに、有名な、男前のRという俳優さんが出ているんですよ。衣川愛理の役は、彼を誘惑して、恋人と、わかれさせるように仕向けるというものなので、彼女は、やりがいのある役だといって、喜んでいますが、こういうドラマになると、必ず、ファンから、脅迫の手紙が、きたりするものなんです。ここにきて、二通、衣川愛理に対して、脅迫の手紙がきていますが、彼女には、見せていません」

「その手紙、まだ、お持ちですか?」

「もし、同じ人物から何通もきた場合は、警察に話そうと思っていたので、二通とも、取ってありますよ」

マネージャーは、見せてくれた。

一通は、便箋《びんせん》に、衣川愛理の写真が貼ってあり、その顔の部分を、黒枠で囲んであるだけの、手紙だった。

もう一通は、ボールペンで、書かれている。

〈最近のお前は、少しばかり売れてきたのを鼻にかけて、どうしようもない。京都では、命を狙われたらしいと、新聞に出ていたが、それも当然だ。お前のことを、生意気だと思う者は、私の周りにも何人もいて、いつか、お前の命を、狙ってやると、息巻いている。だから、用心したほうがいいぞ〉

差出人の名前は、どこにも、なかった。

その封筒の消印は、京都になっていた。それで、京都府警の木村は、

「ひょっとすると、この手紙の送り主は、京都で、衣川愛理さんを、狙った犯人かも

しれませんね」

と、いった。

また、衣川愛理の愛車は、ロードスターで、自分でもよく、運転をするという。五月三十日に見た時、その車体に、傷がついていた。明らかに、刃物で引っ掻《か》いた傷だった。しかし、これが、問題の事件と関係があるという証拠は、何もなかった。

三人の警部は、これだと思う収穫がないまま、捜査本部に、引き返した。このあと、三人で討議しなければならないことが、まだ残っていたからである。

まず問題を提起したのは、木村だった。

「今回の一連の事件ですが、最初の事件は、五月二十一日、京都のトロッコ列車のなかで起きています。続いて、五月二十六日、東京の江戸川の土手で、野中和江という二十五歳の女性が、何者かに、撃たれて死亡しました。三番目は、六月二十一日、西伊豆の堂ヶ島にあるランの植物園で、東京から遊びにきていた三人の女性のひとり、松田留美が、やはり同じように、撃たれて、死亡しました。一カ月の間に、三人の女性が狙われ、二人が殺されているわけです。今、私が、不安に思うのは、これで、終わりかどうかということなんです。もし、犯人が、このまま、殺しを続けようと考えているのだとすれば、いつ頃、どんな場所で、どんな女性が、殺されるのか、それを考えて、次の殺人を、食い止める必要があると思うのです」

黒板には、三人の顔写真が、並べて留めてある。

三人の女性の間には、これといった、共通点はない。たしかに、二十五歳の独身の女性という大きな、共通点はあるが、今のところ、それほどの共通点といえるかどうか。第一、二十五歳独身の女性全員を守るわけにはいかないのだ。

三人の場合、細かい点は、ほとんど、共通点にはなっていなかった。生まれも育ちも、そして、学校も、職場も違っている。

「もし、犯人たちが、社会を、騒がせようと考えているとすれば、成功したといえるのではありませんか？　何しろ、今、木村警部がいったように、一カ月の間に二人が殺され、ひとりが脅迫されていたのですからね。その方法も、まさに現代を象徴するような、ゲーム性を帯びたものですから、ほとんどの人が、事件について知っています。私は、連中は遠からず、四人目の人間を、ターゲットにして、事件を起こすに違いないと思います。その標的は、二十五歳の若い女性、独身、この三つだけは、おそらく、変わらないはずです」

と、十津川が、いった。

「それでは、遠からず、第四の事件が発生するとして、その対応策を考えてみようじゃありませんか」

と、静岡県警の浜口警部が、いった。

「もし、連中が、今までと同じように、ゲームのように、標的を見つけ出して、殺すとしても、今までのように、簡単にはいかないと、思いますね」

と、十津川が、いった。

「なぜですか？」

と、木村が、きく。

「今回の一連の事件は、少しばかり変わっているので、メディアが、大きく取りあげました。それも、かなりセンセーショナルな、見出しをつけているので、多くの人々が、その記事を読んだと、思うのですよ。例えば、今回の一連の事件で、犯人は、私立探偵や、興信所を使って、標的が、本当に二十五歳なのか、独身なのかを調べています。四回目も、おそらく、犯人は、同じようなことをするのではないかと、思いますが、メディアが、事件を、センセーショナルに伝えました。そんな時に、犯人が、次の標的に選んだ女性について興信所を、使ったり、私立探偵に調査を頼んだりしたら、依頼を受けた私立探偵なり、興信所なりは、必ず、警察に、こんな依頼を受けたと、相談しにくるのではないかと思いますね。そのことは、今回の一連の事件の犯人グループも、よく、わかっているのではないかと、思うのですよ。そうなれば、私立探偵や興信所を使わず、自分たちの力で、調べることになりますから、今までのように、次の殺人事件が発生するとは、思えないのです」

「今までに、三つの事件に関係した人たちがいます。たぶん、若くて、今の時代にふさわしく、ゲームの好きな、男たちだと思います。私立探偵や興信所は、似たような依頼があれば、すぐ警察にしらせてくると、私も思います」

「しかし、犯人たちも、それくらいのことは、覚悟しているのでは、ありませんか？」

と、静岡県警の浜口が、いった。

「もちろん連中だって、馬鹿ではありません。というよりも、かなり頭のいいグループだと思うのです。とすれば、十津川警部がいわれたようなことを、犯人たちも、考えるでしょうね。私立探偵や興信所に、特定の女性のことを調べるように依頼すれば、そこから警察に、自分たちのことが知らされてしまう。そう考えているはずです」

「それでは、逆に考えて、犯人たちが標的を決めても、私立探偵や興信所に頼んで、標的のことを詳しく調べようとはしないでしょうね」

「そうすると、犯人たちは、今までの三人で、二十五歳の女性殺しを、やめてしまうかもしれませんね」

そこに同席していた亀井刑事が、いった。

「いや、それはないと、思いますね」

と、いったのは、京都府警の木村だった。

「木村警部は、どうして、そう断定されるんですか？」

と、亀井が、きく。

「犯人グループは、わずか一カ月の間に、二人の若い女性を、殺し、ひとりを殺そうとしているのです。彼らにしてみると、これは、強い欲求なんですよ。それに、ひとりでの犯行とは思えません。だとすると、そう簡単には、犯行を、やめないと思うのですよ。そこに、私は、この犯人、あるいは、犯人グループの強い欲望のようなものを感じるんですよ。ですから、絶対に、この連中は、次の殺しをやめようとか、諦めるとは思えないのですよ。また、メディアが、事件のことを大きく、取りあげたり、警察が捜査を進めていても、逆に、この犯人たちは、どんなことをしてでも、次の犯行を実行する気になると私は、思ってしまうのです」

「しかし、犯人たちも、用心深くなると思いますから、私立探偵や、興信所を使っての身元調査は、おそらく、やらないでしょう。そうなると、どうやって、標的を見つけるのでしょうか？」

と、亀井が、きいた。

「今は、さまざまな、名簿を売っている会社なり、店があると、きいています。それだけ、需要が、あるからでしょう。例えば、今年、成人式を迎える女性の、名簿とか、子供が小学校にあがる家庭の、名簿まで売っていると、きいています。今年二十五歳になる女性の名簿だって、その名簿を売る店にいけば、簡単に、手に入るんじゃないですかね？」

「では、これから、東京都内のそれらしい業者を調べて、二十五歳の女性の名簿を買いにきた人物がいないかどうかをきいてみます。今後、もし、買いにきた人物がいたら、すぐこちらに連絡をくれるように、いっておきましょう」

と、亀井が、いった。

最後に、十津川たちの議論の的になったのは、犯人たちの目的だった。

ただ単に、二十五歳の独身の若い女性を、ゲーム感覚で殺していく。それをこれからも続けていこうとするのか、あるいは、今までの三件の事件が、もっと大きな目的のための助走のようなもので、遠からず、本当の目的とする事件を、彼らは、起こそうと計画しているのではないか？

しかし、これは、今の段階では、結論は、出なかった。

京都府警の木村警部と、静岡県警の浜口警部の二人が、今後の連絡を密にしていくことを約束して、地元に帰っていった。

七月一日になって、十津川が、予想した方向とは、少しばかり違った事件が、都内で起きた。

五年前の成人式の名簿が、千代田区と世田谷区の二つの区役所から、盗まれたというのである。

当然、十津川は、この盗難事件を、重視した。五年前の成人式に出席した成人は、五年後の今は、ちょうど、二十五歳になっているはずである。

京都府警の木村警部からも、静岡県警の浜口警部からも、この東京の盗難事件に関して、問い合わせの電話が、かかってきた。

二人の警部とも、まったく同じ質問を、十津川にした。

「東京の二つの区役所から盗まれた名簿ですが、われわれの事件と関係があると、思われますか？」

その質問に対しても、十津川は、同じ答えをした。

「間違いなく、これは、連中のターゲット探しだと、思いますね」

「その名簿は盗まれてしまった以上、われわれが見るチャンスは、なくなっているわけですか？」

「いや、控えがありますから、大丈夫です。私が、コピーしてきましたから、それを、京都府警と、静岡県警に、お送りします。もちろん、個人情報ですから、絶対に外部には漏れないようにしていただきたいのですが、この名簿のなかに、次に狙われるターゲットがいる可能性が高いと、思っています。この名簿のなかから、五年後の今、二十五歳になっても、独身でいる女性が何人いるか、それも調べて、あとからお送りします。今後、問題の事件に、どう立ち向かっていったらいいのか、もう一度、三人で相談しようじゃありませんか？」

と、十津川が、いった。

4

十津川は、全力をあげて、五年前の成人式の名簿から、二十五歳になった現在も独身でいる女性の名前を調べあげ、現在の住所と電話番号、現在の仕事などを調べて、身長百六十五センチ以上の女性の新しいリストを、作ることに専念した。

それには、もちろん、二つの区役所の協力も、必要だった。

十津川は、二日間かかって、現在、二十五歳になっても、独身のままでいる身長百六十五センチ以上の女性の名前を、まとめあげた。二つの区で、人数は二十六人だった。

そのリストが、できあがったところで、十津川は、京都府警の木村警部と、静岡県警の浜口警部にもう一度きてもらった。

木村と浜口は、渡された二十六人のリストに目を通していたが、口を揃えて、「意外に少ないものですね」

と、いった。

「私は、別に、少ないとは、思っていません。何といっても、東京のなかの二つの区だけですからね」

「犯人たちは、どうして、この二つの区だけから、名簿を、盗み出していったんですかね？」

「見方は、二つあり、それは、連中の犯行の目的とも関係があります。もし、連中が、二十五歳の独身の女性ならば、誰でもいいというのであれば、東京のどこの区から、名簿を盗み出してもいいわけです。つまり、特別に選んで、この二つの区から名簿を、盗み出したのではなくて、どこの区の名簿でもよくて、適当に、二十五歳の独身女性を選んで、ゲームの果てに殺せば、連中の目的は達成されたと思うのです。たまたま、ほかの区からは、こうした名簿が盗み出せなかったので、二つの区だけにしておいたという可能性もあると、思っています」

「しかし、現住所のほうは、かなりばらけていますね」

と、静岡県警の浜口が、いった。

たしかに、二十六人の名簿のうち、東京の住所は二十人、あとの六人は、日本全国に、散らばっていた。

「この名簿のなかの、東京に、現在も住んでいる二十人については、われわれ警視庁が、今から警護を開始しよう、と思っています。あとの六人のうち、京都市内に住んでいる人がひとり、それから、静岡県に住んでいる人がひとりいますから、この二人は、京都府警と、静岡県警とで、面倒を見てください。残りの四人は、東北や九州に散っていますから、この四人については、該当する県の、県警本部に連絡を取って、警護してもらうことに、したいと思っています」

と、十津川が、いった。

翌日の捜査会議で、十津川は、三上《みかみ》本部長に、これまでの経過を、報告した。

まず、二つの区、千代田区と世田谷区で、五年前の成人式の参加者の、名簿が盗まれたことを説明し、その二つの区の名簿のなかで身長が百六十五センチ以上の二十六人の女性が、二十五歳になった今も、独身でいることが、わかったことを告げた。

そして、そのうち、二十人が、現在も東京に住んでいるので、この二十人は、警視庁が警護する。あとの六人のうちの二人は、京都市内と静岡県に住んでいるので、これは、京都府警と、静岡県警が警護を担当する。

そして、ほかの四人については、この五年間のうちに住所を変えて、現在は東北の二県と九州の二県に住んでいるので、それぞれの県警本部に連絡をして、警護を依頼したことを報告した。

十津川の説明が、終わると、いくつかの疑問を、三上本部長が、矢継ぎ早に、十津川に、浴びせかけてきた。

「該当するのは全部で二十六人だが、この二十六人のうちの誰かを、例の犯人グループが、ターゲットにしていると、君は、信じているわけだね？」

「今のところ、想定の域を出ませんが、これしか、ありませんから」

「しかしだね、犯人たちは、千代田区と世田谷区の二つの区役所からしか、名簿を、盗み出していないわけだろう？」

「そうです」

「ほかの区役所の持っている名簿のなかに、彼らが狙っている、二十五歳の女性がいるということは、考えられないのかね？」

「ほかの区役所には、すべて、電話で確認をしました。すべての区役所が、ここ一週間の間に、盗みに入られた形跡はないといっています。ですから、犯人たちは、最初から、千代田区と世田谷区だけを狙って、盗みに入ったものと思われます。ということは、この二十六人のなかに、連中が、次に狙うターゲットがいるはずだと、想定しています」

「今までに、東京と静岡と京都で、立て続けに、三つの事件が起こっている。二人の二十五歳の女性が殺され、もうひとりは、狙われかけた。それが、五月二十一日から六月二十一日までの、わずか一カ月間に起きている。この時も、東京のどこかの区役所で、今回と、同じように、五年前の成人式の参加者の名簿が盗まれていたのかね？」

と、三上が、きく。

「もちろん、そのことも調べましたが、盗まれたという事実は、まったくありませんでした」

「そうすると、前には、犯人たちは、どうやって、ターゲットを、見つけていたのかね？　今回に限って、わざわざ、区役所に、盗みに入った。どうして、そんな危険なことを、やったのかね？」

「前の三件については、まだ、警察も介入していませんでしたから、ゆっくりと、ターゲットを探せたと、思うのです。しかし、三件の事件のあと、メディアが大きく、事件のことを報道しましたし、われわれ警察も介入しました。そうなると、簡単には、次のターゲットを、見つけることはできなくなったはずです。というのは、連中は、それまで私立探偵や興信所を使って、次のターゲット、二十五歳の独身の女性を、探していたからです。そこで、今回、連中は、考えた末に、千代田区と世田谷区の二つの区役所に忍びこみ、五年前の成人式の出席者の名簿を盗み出しました。今も申しあげたように、これはたぶん、連中にとっては、いわば苦肉の策だと、思うのです。ですから、それだけに、この二十六人の名簿には、動かしようのない事実が、こめられている。必ず、このなかから、連中は、ターゲットひとりを選び、殺人を犯そうとするに違いありません」

　三上本部長は、警視庁が警護することになった二十人の問題の女性のリストを手に取って、ゆっくり眺めていたが、

「こうやって見ると、二十五歳の独身女性というのは、かなりバラエティに、富んでいるものなんだね」

と、感心したように、いった。

「そうです。男性の二十五歳となると、ほとんどが、サラリーマンです。そこへいくと、二十五歳の女性の職業は、ＯＬがいちばん多いですが、その数は、サラリーマンの男性に比べて、はるかに、少なくなっています。家で自由気ままに生活している二十五歳もいれば、国会議員の娘で、父の秘書をやっている者もいれば、警察官もいます。そうかと思えば、売れないモデルをやっている、二十五歳もいます」

と、十津川が、いった。

十津川は、二十人の二十五歳の独身女性に対して、ひとりあたり二人の刑事を、しばらくつけてみようと思った。

それで、三上本部長にかけ合って、二十人の刑事の増員を要請することにした。

「君の意見では、今回の事件の犯人たちは、守る側と攻める側にわかれて、ゲーム感覚で楽しんでいるんだろう？」

「そうです」

「これからも同じように、連中は動くと、思っているのかね？」

「その点は、正直いって、わかりません。犯人たちの、殺人の動機が、まったくつかめていないからです」

「君は、犯人たちは、ゲーム感覚で楽しんでいる、だから、捜査方針が定まらないと、いっていたんじゃないのか？　これからは、ゲーム感覚ではなくて、いわゆる、本気で、殺人を犯すと、君は、思っているのか？」

「正直にいって、これからのことは、わかりません。今も申しあげましたが、連中の目的がよく、わかりませんから」

「もし、君がいうように、犯人たちが、ゲーム感覚で、動いているとすれば、標的の二十五歳の女性は、ちょっと、変わっていたほうが、連中にとって、楽しいんじゃないのかね？　そう考えると、この二十人のリストのなかで、私がいちばん注目するのは、宮沢恵《みやざわめぐみ》、二十五歳、婦人警官だよ。もし、連中がゲーム感覚を楽しんでいるとすれば、この宮沢恵なんかが、ターゲットとしては、面白いんじゃないのかね？」

「婦人警官が、面白いですか？」

亀井が、つい、眉をひそめた。

「そうさ、連中にしてみれば、警察の動きだって、この宮沢恵を通して知ることができる。だから、この宮沢恵を次のターゲットにするんじゃないかと、そんな気がしたんだよ」

と、三上本部長が、いった。

第四章

電話

1

七月五日、警視庁捜査一課長宛《あ》てに、一通の手紙が配達された。

十津川はすぐ、封筒のなかの便箋《びんせん》を広げてみた。

〈きたる七月十日、今までの、予行演習どおり、本番に入ることになる。今までわれわれは、攻守にわかれて、訓練を続けてきたが、今後は本番であり、われわれは、全員が、攻撃側に回る。警察は、ぜひ、われわれの攻撃を、全力で、阻止していただきたい。

警視庁だけで、守るもよし。あるいは、京都、静岡などの各警察が協力して、われわれの攻撃を阻止するのもよし。それは、自由である。

なお、七月十日は、午前〇時から、二十四時間、攻撃が認められ、また、守備が、認められることとする〉

署名は、丸に愛が書きこんであった。

2

警視庁は、早速、京都府警、静岡県警などに連絡を、取ることにした。

今回の挑戦状は、警視庁にだけ、送られてきたものではなくて、日本の警察全体に対して、送られてきたと解釈したからである。

翌七月六日には、京都府警と静岡県警から、すでに、話し合った、警部ひとりずつとベテランの刑事ひとり、合計二人ずつが、東京にやってきた。

捜査本部で、それぞれの意見を、交換し合うことになった。

ただ、犯人たちのターゲットが、東京都内に住む二十五歳の、独身女性と考えて、警視庁の三上本部長が、指揮を、執ることになった。

「犯人の標的は、東京に住む二十五歳の独身女性だと、考えられます」

と、三上が、いい、そのあと十津川が、

「東京都内に住むすべての、二十五歳の独身女性となると、数が、多くなり、そのすべてを、守ることは、難しくなりますが、幸い、千代田区と、世田谷区の成人式の名簿が、盗まれており、この二つの区の名簿に名前がある都内に住む、現在二十五歳の身長百六十五センチ以上の独身の女性に限定すれば、全部で二十人です」

と、いった。その二十人の名前と家族関係、現在の仕事などを、まとめた資料と、顔写真のコピーを、全員に、配布した。

二十人のなかには、三上刑事部長が、マークすべきだといった、婦人警官の名前もあった。

3

「犯人のターゲットを、この二十人に、絞って大丈夫ですか？」

京都府警の木村警部が、十津川に、きいた。

十津川が、答える。

「大丈夫かどうかは、正直いって、わかりません。第一、彼らが、なぜ、二十五歳の、独身の女性を狙うのか、それも、わからないからです。といって、範囲を、東京全域に、広げてしまったら、それこそ、そこに住む、二十五歳の独身女性全部を、守らなければならず、そんなことはまず不可能になってしまいます。そこで、犯人たちの、今までの行動を考えて、盗まれた名簿に名前のある、都内に住む二十人に絞ったわけです。この二十人だけでも、完璧に守るのは、大変だと考えています」

「今、十津川警部は、犯人たちが、なぜ、二十五歳の、独身女性だけを、狙うのか、理由がわからないと、いわれましたが、まったく見当がつきませんか？」

静岡県警の、浜口警部が、きいた。

「もちろん、いろいろと、考えてみました。例えば、犯人たちのひとりが、二十五歳の女性から、手ひどい目に遭ったことを、恨んでいた。それに同情した仲間が、復《ふく》讐《しゅう》を、手伝おうとしているのではないか？　あるいは、二十五歳の、資産家の独身女性がいて、彼女を誘拐し、その資産を狙っているのではないか？　そんなことを、考えてみたのですが、これといった決め手が、ありません。それに、これだと、決めつけてしまうと、犯人との、攻守の時に、対応を、間違ってしまう恐れがあります。そこで、さきほども、申しあげたように、とにかく、二十五歳の独身の女性を、すべて、守りきれば、わけのわからない犯人に対応できると、考えています」

「七月五日に届いた犯人からの、手紙ですが、手紙から、何か、わかったことは、ありませんか？」

静岡県警の浜口警部が、きいた。

十津川が、封筒と、なかの便箋を手に持って、説明した。

「この封筒も便箋も、すべて、大量に市販されているものです。便箋に打たれていたのは、M電機が、製造したパソコンで、打った文字で、これも、何万台と売られているものですから、パソコンの機種から、犯人にたどり着くのは、まず、無理だと思われます。手紙の消印を見ると、投函《とうかん》されたのは、東京中央郵便局からで、特定の指紋は、検出されておりません。ひとつだけ、この手紙のなかで興味があるのは、パソコンで、打たれた文面のなかに、一カ所だけ、ボールペンを使って、間違った字を、訂正している箇所があることです。パソコンで、打ち直せば、簡単に、訂正できるのに、犯人は、そうしていません。おそらく、プリントし終わった便箋を、封筒に、入れる段になって、間違いに、気がついたのでしょう。それで、ボールペンで、訂正したものと、思われます。ご覧のように、警察の警という字が、訂正されているのです。その訂正も、真っ黒に、塗りつぶしてから、その脇に、ボールペンで、正しい、警という字を、書き加えてあります。犯人の人数が、何人なのかは、わかりませんが、少なくとも、この手紙を、書いた犯人は、かなり繊細な神経の、持ち主であるような、気がします」

「犯人グループは、何人だと、十津川さんは、思われますか?」

京都府警の、木村警部が、きいた。

「東京で、殺人があった時のケースを考えますと、被害者に声をかけた人間がひとり、その後、銃で撃ったのが、ひとり。最低でも、二人が現場に、いたことになります。しかし十名も二十名もいるとは、思えません」

「その点は、同感です」

と、木村が、いった。

「京都のケースでも、被害者に、声をかけてきたのが二人、銃を構えていたのがひとりで、三人いれば、可能だった事件です」

このことには、静岡県警の浜口も同調し、最低二人、多くても、五人と、犯人の数を推定した。

捜査会議で、いちばん、問題になったのは、犯人たちの、目的だった。

なぜ、二十五歳の、独身の女性にこだわるのか？　ほかの年齢の女性では、なぜ、いけないのか？

まず、二十五歳という年齢に、議論が、集中した。

「犯人は、二十五歳という年齢に、こだわっているように、見えますが、どこまで、厳密に考えているのでしょうか？」

静岡県警の浜口が、十津川たちを見回した。

「どういうことですか？」

と、十津川がきく。

「実は、堂ヶ島で、殺された被害者ですが、正確な年齢を、調べると、二十五歳と一カ月なんです。もし、二カ月前に殺されていれば、彼女は、二十四歳で、殺されたことに、なってしまいます」

京都府警の木村が、いう。

「ウチの場合は、殺されずに、すんだのですが、被害者の年齢は、二十五歳と、四カ月でした」

十津川は、今回、標的になるかもしれない、都内に住む女性の年齢について、詳しく、調べてみることにした。

二十人とも、満二十五歳としか書かれていないからである。

十津川は、リストアップした都内在住の二十人について、さらに詳しく生年月日を調べていくと、ひとりだけ、七月十日には二十五歳だが、七月十一日には、二十六歳になる女性がいた。

十津川は、この女性、世田谷区経堂《きょうどう》に住む三国綾子《みくにあやこ》を、一応、マークして、おくことにした。

それは、犯人が、七月十日という日を、限定して、挑戦してきているからである。

もし、犯人が、この、三国綾子という女性を本物のターゲットと考えているとすると、七月十一日には、二十六歳に、なってしまう。だから、決行の日を、七月十日にしたということも考えられるからである。

次の問題は、今までに、殺された二人の女性と、狙われた女性ひとり、それと、十津川たちが、リストアップした二十六人の女性について、ひとりひとり、調べて、いくことにした。

警察としては、少しでも、犯人の狙いを、特定したかったのだ。

二十五歳の女性であれば、誰でもいいのか？　それとも、二十五歳の女性たちのなかでも、誰か、特定の女性を、狙っているのか？

それが、わかれば、こちらの対応も、しやすくなる。

そこで、今までに、狙われた女性と、十津川がリストアップした二十六人の女性をひとりずつ詳しく調べることにした。

東京で殺されたのは大学院の非常勤講師、京都で狙われたのは新人の女優。西伊豆の堂ヶ島で殺されたのは、ＯＬである。

次は、今回リストアップした二十六人の女性である。

そのうち、二十人がＯＬ、他は、家事手伝いや秘書にモデル、警察官、親がやっている飲食店の手伝い、最後のひとりは、ピアノの教師だった。

「大半がＯＬですが、あとはバラエティに富んでいますね」

静岡県警の浜口が、感心したように、いった。

「普通は、こんなものじゃ、ありませんかね？」

京都府警の木村がうなずく。

「ちょっと、待ちたまえ。こうした議論は、無駄じゃないのかね？」

と、三上本部長が、いった。

「今までに、東京で一件、静岡で一件、京都で一件、犯行が、おこなわれ、二人の二十五歳の女性が殺され、ひとりが無事だった。それで、われわれは、次に四件目の事件が起きるだろうと、考えていたが、今度は、挑戦状が、送られてきた。その上、犯行の日まで、通告してきている。こうなると、今までの三件は、いわば予行演習で、七月十日が、本番になってくる。そうだとすると、今までの、三件について、被害者がどうだとか、殺人の方法が、どうだとかいうことは、あまり、意味がないんじゃないのかね？　あくまでも、予行演習だから、二十五歳の女性であれば、誰でも、よかったんじゃないのか。だから、七月十日に、狙われる女性が、問題になる」

と、三上が、いった。

三上本部長のいうことが正しければ、ここまでの三件は、犯人は、予行演習といってきた。

そう考えても、七月十日に狙われる二十五歳の独身女性が、いったい、どんな理由で、狙われるのかが、まったく、見当がつかないのである。

それでも、十津川は、今回リストアップした都内在住の二十人について、ひとりひとりを詳しく調べることを提案した。

犯人たちが、ターゲットにしている相手が、二十五歳の独身女性なら、誰でもいいとは、思えなかったからである。

もし、誰でも、いいのなら、今回のような、挑戦状を送りつけては、こないだろう。黙ってターゲットの二十五歳の女性を、殺していけば、警察は、その対応に、困惑するからである。

すでに捜査会議は、二時間を、超えていた。

十津川が、いう。

「私には、どうしても、二十五歳の、独身女性であれば、誰でもいいと、考えているとは、思えないのです」

「なるほど」

「三上本部長が、いわれるように、今までの三件は、犯人たちにとって、予行演習だった。三人は、職業も、バラバラでした。しかし、七月十日に狙われる女性は、特別な女性だと、考えているのです」

「しかし」

と、京都府警の木村が、異議を、唱えた。

「警視庁でリストアップした二十六人の女性ですが、さっき、その職業などを、明らかにしたところ、特別な女性はいなくて、ＯＬや、家事手伝いで、普通に考えられる、二十五歳の独身の女性ばかりだったじゃ、ありませんか？」

「たしかに、そうでした。ありふれた職業が多く、平凡な二十五歳の、独身女性ばかりに見えます」

「十津川さんは、大変な資産家の娘というようなことをいっておられるのですか？もし、資産家のひとり娘だとすると、誘拐の危険は、ありますが」

静岡県警の浜口が、いう。

「こちらで、調べたところ、大変な資産家の娘というのは、二十六人のなかには、いませんでした」

「他にどんな特別な女性を、考えておられるんですか？」

「最初は、楽器や絵や文章などで、飛び抜けた、才能の持ち主が、二十六人のなかに、いるのではないか？　特別な才能を持った、二十五歳の独身女性を、犯人が狙っているのではないかと思ったのですが、そうした人は、このなかには、ひとりもいませんでした。ピアノの教師がひとりいますが、特段際立っているわけでもありません」

「それでは、どういうことに、なりますか？」

　京都府警の木村が、首をかしげている。

「私たちは、犯人たちを最大五人、最低二人の男のグループと、考えています。ただ、その背後に、二十五歳の女性が、いるのではないのかと考えたのです。例えば、その女性は、難病で、臓器の、移植手術を必要としている。肝臓かもしれませんし、心臓かも、しれません。しかし、登録して、順番を待っていたのでは、その前に、死んでしまう。そこで、犯人は、強引な手段に、訴えることにした。二十五歳と同年齢で、体つきが、似たような女性を殺していく。その間に、うまく裏交渉して、殺した女性の臓器を、手術を必要としている、二十五歳の女性に移植してしまう。そんなケースも考えたんですが――」

「十津川さんの考えは、ずいぶん奇抜ですね」

京都府警の木村は半信半疑だった。

今、十津川が口にした、犯人たちの背後に、二十五歳で、難病にかかっている女性が、いるのではないかという推理は、突飛だが、三上本部長や、木村警部、浜口警部の関心を、集めるものとなった。

「しかし、その考えには、疑問がひとつありますね」

と、浜口が、いった。

「それは、わかっています」

と、十津川が、いった。

「その女性を、助けるために、犯人が、動いているのだとすると、どうして、殺人ゲームなどといって東京や静岡で二十五歳の女性を、殺してしまったのか？　もし、その二十五歳の女性の体、あるいは、臓器が、必要なのであれば、殺さないで、誘拐し、何とかして、外科医を脅かして、臓器を取り出して、苦しんでいる女性に、移植してしまえばいい。それなのに、なぜ、それを、しなかったのかということでしょう？」

「そのとおりですよ」

と、木村が、いった。

十津川の考えは、こうだ。

「現在、多くの人は、自分が死んだら体の一部を、提供するという臓器提供のカードを持っていますが、東京と静岡で殺された二人の女性も、そのカードを、持っていたんですよ。そこで、犯人は二人の女性を殺し、そのあとを、警察に、任せたんじゃありませんかね？　一方、犯人の背後にいる、二十五歳の女性は、臓器移植を、申請していた。たぶん、その手術が、可能な病院に、登録されているんだと思いますね。彼らが殺した女性は、二十五歳と、若くて健康だから、臓器が、そちらに、回されるのではないか？　そう計算しての殺人だと、私は、考えるんですが――。殺人ゲームは臓器移植という本来の目的を隠すためだったのではないかと思うのです」

「しかし、東京の江戸川で、殺された野中和江という二十五歳の女性、六月二十一日に、西伊豆の堂ヶ島で、殺された松田留美、二十五歳、この二人の臓器が、移植を必要とする患者に、提供されたというニュースは、まったく、きこえてきませんね」

　と、木村が、いった。

「それは、家族が、反対したんでしょう」

　と、十津川が、いった。

「その件は、実際には、どうなっているのか、調べる必要があるな」

　三上本部長が、いった。

この件については、警視庁捜査一課と、静岡県警が、調べることに決まった。

4

翌七月七日、十津川と亀井は、五月二十六日に、江戸川の土手で、殺された野中和江、二十五歳の遺体の行方を、調べることになり、六月二十一日に、堂ヶ島で殺された松田留美、二十五歳の、遺体の行方は、浜口警部が、静岡に戻って、調べることに、なった。

野中和江の遺体は、司法解剖が、おこなわれたあと、家族に、引き取られ、すでに、茶毘《だび》に付され、葬式も終わっていた。

十津川と亀井は、その両親から、話をきいた。

母親が、証言した。

「娘は、自分が死んだあと、何とかして、自分の丈夫な臓器を、世の中のために、役立ててほしいと、思っていたようです。それでカードを作っていたんです。でも、二十五歳と若いですからね。死ぬということの実感が、なかったんでしょう。私、娘の遺体を、大事にしたかったので、すぐ、茶毘に付してしまいました」

と、いうのである。

堂ヶ島で殺された松田留美のケースも、同じようなものだった。

同じように、臓器提供を、承諾するカードは、持っていたが、函館からやってきた、家族は、すぐに遺体を、引き取って帰ってしまったという。

静岡県警の浜口から、電話があった。

その捜査の途中、十津川の携帯に、三上本部長から電話が入った。

「すぐ、新橋にある『東京便り』という新聞社にいってくれ」

と、三上が、いう。

「『東京便り』ですか？　あまり、きいたことのない新聞ですね？　そこで、何か、あったんですか？」

「例の犯人からの、挑戦状だよ。発表すると、女性たち、特に、二十五歳の女性たちが、パニックに陥ってしまう恐れがあるので、メディアには、発表を控えてくれと頼んでおいたのだが『東京便り』が、発表してしまったんだよ。どうして、発表したのか？　なぜわかったのか、それを、至急、調べてほしい」

と、三上が、いった。

十津川と亀井は、捜査本部に、戻らずに、新橋に向かった。

新橋駅近くの、雑居ビルにある、新聞社だった。

日刊で、発行部数は、約三万部だという。

十津川は、そこの、社長兼編集長をやっている男に、会った。

「七月五日に、差出人不明の手紙が、届いたんですよ」

社長は、その手紙を、見せてくれた。

警察に届いたのと同じ、手紙である。

「これは、大変なことだと思って、すぐに、載せようと思ったんですが、一日だけ考えました。ひょっとすると、いたずらかもしれないと、思ったものですから」

「これを載せると、該当する、二十五歳の女性の間に、パニックが、起きるとは考えなかったんですか？」

「もちろん、考えましたよ。しかし、東京と京都、それから、静岡で起きた事件については、すでに、報道されているじゃありませんか？」

と、社長兼編集長が、いった。

すでに、三万部の新聞は、都内にばらまかれてしまっている。

それを考えると、十津川は、

「これからは、なるべく、警察に相談して、慎重に、記事を掲載するようにしてください」

と、いうのが、精一杯だった。

捜査本部に帰る途中で、亀井が、いった。

「犯人たちの行動が、わかりませんね。なぜ問題を、公にしてしまうのでしょう？こんなことをしたら、少なくとも、二十五歳の女性は、用心して、七月十日には、出歩かなくなりますよ」

「たしかに、そうだな。だが、なぜかわからないが、犯人は、この事件を、公にしたいと、思っているんだ」

と、十津川が、いった。

「東京便り」という新聞社が報道してしまった以上、ほかのメディアが、報道するのを抑えるのは難しかったが、それでも、警視庁としては、メディア各社に、連絡を取り、報道する場合にも、なるべく抑えて、報道するようにと、要請した。

都内に住む二十人の、該当する女性がいる。

十津川は、そのなかのひとり、婦人警官の宮沢恵に、会ってみることにした。

宮沢恵は、世田谷警察署に勤務する警察官だった。

十津川は亀井と二人で、警察署の、応接室で、宮沢恵と会った。

その部屋に入っていくと、テーブルの上に「東京便り」が、置いてあった。

「これ、読んだんだね？」

十津川が、きくと、宮沢恵は、笑って、

「同僚が、わざわざ、駅の売店までいって、買ってきてくれたんですよ」

と、いう。

「それなら、話しても、構わないだろう。『東京便り』に載っているように、七月五日に、犯人の手紙というか、挑戦状が、警察に届いた。今日は、七月七日だが、その間に、君の周辺で、何か、おかしなことが起きてないかね？」

「七月五日と六日、勤務を終えて、夜、自宅に帰ると、週刊誌の、記者だといって、男の声で、電話がかかってきました。現在の警察における婦人警官の役割について話してほしい。そういわれて、二日にわたって、話しました」

「何という週刊誌だ？」

「よく知っている週刊誌の名前を出してきました。それで、いろいろと、話していたんですが、今日、出勤してから、その週刊誌に、電話をしてみたら、そんな、取材はしていないといわれました」

「もう一度確認するが、電話で現在の警察における婦人警官の役割について、話してほしいと、いわれたんだね？」

「はい。そうです」

「ほかには、何か、きかれなかったかね？　例えば、いま何歳かとか、あるいは、この仕事をやっていると、結婚は難しいのではないかとか、そういう結婚とか、二十五歳とかについてきかれなかったかね？」

「そういうことについては、まったく、きかれませんでした。二日間とも、婦人警官の役割について、きかれただけで、こちらが話しているのを、黙ってきいているような感じでした」

と、宮沢恵が、いう。

「そういう取材を受けたことは、前にも、あったかね？」

「今回が、初めてです」

「話しているうちに、何かおかしいと、感じたことは、なかったか？」

「そうですね。相手は、ほとんど、黙っているんです。私が、一方的に、日頃、感じていることを話した。そういう、感じでした。この取材は、向こうで、録音していると思いました。でも別に、おかしいと、思いませんでした。電話による取材ならば、会話を、録音するのが当たり前ですから」

と、宮沢恵が、いう。

「君の経歴は読んだ」

「ありがとうございます」

「経歴に、これといった傷はない。スムーズにきている」

「ありがとうございます」

「また、妙な電話がかかってきたら、すぐ私に連絡してほしい」

十津川は、自分の携帯電話の番号を教えた。

5

十津川は、捜査本部に戻る前に、北条早苗刑事に、携帯で、連絡を取った。

「すぐ、君に、やってもらいたいことがあるんだ」

と、十津川が、いった。

「こちらで作った二十五歳の都内在住の女性のリストは、持っているね？」

「はい、持っています」

「婦人警官の宮沢恵は、今、私が会ってきたから除いて、あと十九人のうちの二人に、これから、会いにいって、七月五日から、今日までの間に、何か、変わったことはなかったか、きいてきてもらいたい。例えば、妙な電話が、かかってきたとか」

「三田村刑事と一緒にいったほうがいいですか？」

「いや、今回は、君ひとりで、話をききに、いってくれ。相手は女性、それも、二十五歳の、女性だからね。君ひとりのほうが、相手も、話しやすいはずだ」

と、十津川が、いった。

捜査本部に戻ると、十津川は、婦人警官の宮沢恵に会って、きいたことを、そのまま、三上本部長に、報告した。

三上は、首をかしげた。

「君は、その電話取材が、今回の犯人によるものだと思っているわけだね？」

「そうです。ほかには、考えようがありません」

「しかし、宮沢恵が、取材されたのは、今回の一連の殺人事件のことではなくて、現在の、警察における、婦人警官の役割ということなんだろう？　犯人は、なぜ、そんな、固い質問をしたのかね？」

「宮沢恵本人は、向こうが、自分の話すことを、録音していると、思ったそうです。しかし、週刊誌の電話取材などでは、会話が録音されるのは当然のことですから、別におかしいとは、思わなかった。そういっています」

「それが、犯人によるものなら、会話を、どこかの雑誌に、発表するわけはないな？」

「そのとおりです」

「そうすると、何に使うつもりで、宮沢恵に、電話してきたんだろう？」

「それが、わからないのです。事件に関係することで、いろいろと、きいているのならば、それをどこかの、メディアに発表して、パニックを起こそうと、しているのではないかと、考えられます。しかし、質問が、現在の警察における、婦人警官の役割ということですからね。メディアに発表しても、パニックは、起きません」

その日の午後になって、北条早苗刑事が、捜査本部に戻ってきた。

北条早苗は、十津川に指示されたとおり、リストのなかの二人に会ってきた。

その二人のうちのひとりは、吉川美由紀《よしかわみゆき》。彼女はＯＬで、新橋の会社で、経理の仕事をしている。

もうひとりは、林由美《はやしゆみ》。母親がやっている喫茶店で、手伝いをしている。

この二人について、北条早苗は、十津川に、報告した。

「吉川美由紀ですが、ごく普通のＯＬです。彼女の話によると、七月五日と六日、勤務が終わって自宅に帰ったあとで、二回、電話がかかってきたそうです。相手は、男の声で、有名な女性週刊誌の名前をいい、最近、男性も女性も、結婚を、真剣に考える人が少なくなってきた。特に、あなたのような二十五歳は、昔は、結婚適齢期だったが、今は、そんなことはない。それで、あなたの結婚観を、教えてほしいといわれたそうです」

「彼女は二日とも、同じことをきかれたのか？」

「そうだそうです。七月五日も六日も、二十五歳の今も、独身でいる理由とか、あるいは、結婚観について、話してほしいといわれたので、それについて、話したそうで、その間、相手はあまり、質問してこなかったと、いっています」

「前にも、女性週刊誌から、電話がかかってきて、同じような質問を、されたことはあるんだろうか？」

「その点もきいてみましたが、一度もないそうです。女性週刊誌の取材は、生まれて初めて受けたと、いっていました」

「本当に女性週刊誌からの、取材だったのかね？」

「彼女は、今でも本物だと信じているようですが、彼女と別れてから、私は、その女性週刊誌の編集部に、電話をしてきいてみました」

「そうしたら？」

「そういう電話取材は、いっさい、していないといわれました」

「そうか。もうひとりは？」

「名前は、林由美です。世田谷区世田谷で、喫茶店をやっている母親の、手伝いをしています。面白いことに、彼女にも、五日と六日に、電話取材があったそうです。これは、母親も証言してくれました。吉川美由紀の場合と同じように、女性週刊誌の名前をいって、男の声で取材があったそうです。電話に、最初に出たのは母親のほうで、娘さんは、今年二十五歳になっていますねと、きくので、はいと答えると、二十五歳の女性の結婚観をききたいので、電話を、代わってもらえませんかといわれて、娘に代わったそうです」

「五日も六日も、同じように二十五歳の女性の結婚観について、話をした。そういうことか？」

「はい」

「その林由美という二十五歳の女性は、まったく疑うことなしに、電話取材を、受けていたのかね？」

「ええ、そうらしいです。母親は、てっきり、来週出る女性週刊誌に、娘の話が、載ると思っているらしくて、楽しみにしていると、いっていました」

「その二日間とも、二十五歳の、独身女性の結婚観について、延々と話しただけなのか？　家族のことについてはきかれなかったのか？」

「七月六日には、両親について、きかれたそうです。ですから、父親が、三年前に亡くなっているとだけ、答えたら、その後は、それ以上、両親のことについては、きかれなかったそうです」

「あと二人、同じようなことを、きいてきてくれないか？」

十津川は、北条早苗刑事を、送り出してから、亀井を、振り返って、

「カメさん、今の話、どう思うね？」

「婦人警官の宮沢恵は、相手が、自分のいっていることを、録音していると、感じたといっていましたね？」

「そうだ。しかし、電話による、インタビューだから、向こうが録音するのも、当然だと思っていたらしい」

「しかし、相手は、女性週刊誌の記者をかたった偽者だったと、いうことですね？」

「そうだよ。だから、余計に、会話を録音する意味がわからない」

「宮沢恵の声を、録音したかったからじゃ、ありませんか？」

「しかし、何のためにだ？」

「それは、わかりませんが、東京と静岡で二人の女性が、殺されました。京都では、女優が、殺されかけました。あの三人はどうなんでしょうか？　同じように、犯人からの電話がかかってきて、声を、録音されていたんでしょうか？」

「とにかく、東京でも堂ヶ島でも、すでに、殺されてしまっているからね。電話の件は、わからないんだ。京都の、女優の場合は、テレビにも、出ているから、別に電話をかけなくても、彼女の声を録音することは、簡単にできるよ」

「殺された二人にも、犯人たちは、電話をかけて声を、録音した可能性がありますね？」

「そうなんだが、何のために、そんなことをしたのかがわからない」

十津川は、首をかしげていた。

夜になって、次の二人の、二十五歳の独身女性への聞き込みを終えて、北条早苗刑事が、帰ってきた。

「小山樹里《こやまじゆり》というOLと、内村《うちむら》かえでというピアノの教師に、会ってきました」

早苗が、十津川に、報告した。

「君の顔色から見ると、その二人にも、同じような、電話がかかってきたようだな？」

「はい。そうです。五日から、六日にかけて、電話がかかってきたそうです」

「実在の女性週刊誌の名前をいい、二十五歳の結婚観を、きいたのか？」

「ＯＬの小山樹里には、結婚観を質問したそうですが、ピアノ教師の、内村かえでには、経歴をきいたそうです。いつ、音楽学校を卒業したのかとか、英才教育について、どう思うかとか、少しばかり違った質問をしていますが、どちらも実在の、週刊誌の名前を使っていますが、その週刊誌は、そんな、取材はしていないと、否定していますす」

「出かけるぞ」

突然、立ちあがると、十津川は、亀井に、声をかけた。

「どこに、いくんですか？」

「たしか、四谷に、音を研究している研究所があった。そこへいって、話をきく」

すでに、外は暗くなっていたが、十津川たちは、その研究所に、パトカーを飛ばした。

榊原《さかきばら》という、研究所の所長に会う。

「音というよりも、人間の声で、どんなことが、わかりますか？」

十津川は、単刀直入に、榊原に、きいた。

「そうですね、もちろん、調べたいことによっても違ってきますが、まずわかるのは、話している時の、感情の起伏ですね。喜んで話しているのか、話したくなくて、話しているのか、それが、はっきりわかります」

と、榊原が、いった。

「嘘《うそ》をついているか、それとも、本当のことをいっているかも、わかりますか？」

十津川が、きくと、榊原所長は、笑って、

「ええ、実際に、調べれば、かなりの率でわかりますよ」

「ここに、一時間から、二時間にわたって会話を、録音したテープがあるとします。もし、それをこちらに持ちこんでくる場合は、持ちこんだ人間は、どんなことを知りたくて、持ってくるんでしょうか？　漠然としていて、答えにくい質問で、申しわけありませんが」

と、十津川が、いった。

「そうですね。最近多いのは、同一人物かどうかを、判断してもらいたいという、そんな依頼が、多くなりました。たぶん、人間が、信用できない時代になってきているんでしょうね」

と、榊原が、いった。

「それは、具体的にいうと、どういうことですか？」

「ここに、何年か前の、会話を録音したテープがあります。もうひとつは、最近録音したテープです。その二つを、ここに、持ってきましてね、これが同一人物かどうかを、調べてくれという依頼ですよ。最近、日本人も、平気で、整形手術をするでしょう？　そうすると、別人のように、なってしまいます。そこで、同一人物かどうかを、知りたくなると、今申しあげたように、昔の録音テープと今の録音テープの二つを、ここに持ってきて、同一人物かどうかを、調べてほしいといわれるんですよ」

「なるほど」

「人間というのは、面白いもので、顔立ちなんかを、やたらに、気にするでしょう？　それなのに、声は、あまり、気にしません」

「最近は、どんな仕事というか、依頼が、多いんですか？」

「今、世の中は、短期間で、激しく、変動しますからね。突然、有名になったりすると、昔の、親戚と称する人間が、たくさん、集まってくるんですよ。昔別れた両親ならば、DNAを、調べれば、本当の両親かどうかがわかりますが、遠い親戚で、昔は、あんたを、可愛がったもんだなんていわれても、その相手が、本当に、親戚かどうかがわからない。それを、調べてくれないかという人が、結構、いるんですよ。昔の声を、録音したテープがあれば、今の声と比べて、同一人物であるかどうかを、百パーセント判定できます」

と、榊原は、いった。

十津川は、榊原所長に、自分の携帯の番号を教え、もし、そんな依頼があったら、すぐに連絡してくれるように、頼んでから、捜査本部に、戻ることにした。

次の日、七月八日、結局、北条早苗を呼んで、残りの十六人についても、同じことを、調べてくるように頼んだ。

結果は、やはり、予想どおりだった。

残りの十六人の二十五歳の独身女性にも、同じように、取材と称する電話が、かかっていたのである。

相手は、いずれも、有名週刊誌の名前をいい、二十五歳の、独身女性の結婚観をききたいと、いったという。

それに対して、女性たちは誰ひとり、それが怪しい電話だとは、思わずに、答えたという。普通の取材だと、思って、気安く答えたというのである。

これで、犯人が、何か目的があって、ターゲットにしている女性の声を録音していることがわかった。

ただ、その目的が、いったい、何なのかは、依然として、わからないのである。

第五章

七月十日

1

捜査本部は緊張し、どこか、息苦しい雰囲気に包まれていた。

動員された刑事たちが、問題の二十六人の二十五歳の女性を、朝からずっと、監視し続けていた。

だからといって、彼女たちを一定の場所に、保護して守るということは、しなかった。ウィークデイなので、会社勤めのOLたちには、普通に、会社に出勤してもらい、刑事たちは、それを、遠くから監視し、ガードすることにした。

警察としては、何とかして、犯人を逮捕したかったからである。

最初は、七月十日に限って、一日だけ、二十六人の女性を隔離して、ガードすることも考えた。

しかし、そうすることによって、七月十日だけは、安全だが、その後も引きつづき二十六人を守っていかなければならないし、犯人を逮捕しない限り事件の解決は、さらに、遠のいてしまうだろう。

そこで、十津川たちは、女性のガード五十パーセント、犯人の逮捕五十パーセントでいくことに決めたのである。

捜査本部には、十津川と亀井の二人が残り、連絡や、指示に当たることにした。あとの刑事たちは、全員が都内在住の二十人の女性のそばに、張りついているはずだった。

捜査本部の壁には、二十六人の名前と、写真が並べて、ピンで留めてある。犯人は、この二十六人のなかの誰に、接触してくるのだろうか?

午前九時五分、世田谷警察署の牧原《まきはら》という警部から、捜査本部の十津川に、電話が入った。

「たった今、ウチの巡査長、宮沢恵に、犯人と思われる男から電話が入りました」

「どんな電話ですか?」

十津川が、きく。

「午前十時にまた電話をする。それまでに、自由に動けるようにしておけ。相手がいったのは、それだけです」

「お宅の宮沢巡査長は、たしか、生活安全課の、勤務でしたね?」

「そうです」

「今までに、同じような電話が、生活安全課に、かかったことはありますか?」

「いや、一度もありません。もっと具体的な、生活の相談のような電話は、たくさんかかってきますが、今日のような、不可解な電話は初めてです」

牧原が、いう。

「そちらに、ウチの刑事がひとり、いっていますね？」

「北条早苗刑事がきています」

「お手数ですが、彼女を、呼んでもらえませんか」

と、十津川がいい、電話の声が、北条早苗に、変わる。

「今、牧原警部から、きいたが、九時五分に、宮沢巡査長のところに、犯人と思われる男から、電話が入ったらしいな？」

「はい」

「それで、午前十時にもう一度電話をするから、自由に動けるようにしておけと、いったそうだが、君は、この電話を、どう思っている？」

「普通なら、その場ですぐに、何か指示をするはずなのに、午前十時にといったのは、たぶん、こちらの様子を見ているのだと、思います。十時までに宮沢巡査長が、どういうふうに、動くのか、あるいは、世田谷警察署全体が、どう動くのか、おそらく、相手は、それを、見張っているのだろうと思います」

「ということは、電話は、間違いなく、今回の事件の、犯人からだと、君は、思っているわけだな？」

「はい。私は、そう考えます」

「どうして、そう、思うんだ？」

「普通の人間は、あんな奇妙な電話を、わざわざ、婦人警官には、かけてこないはずです」

「たしかに、そうだな」

「ほかの二十五人の女性のところには、何か変化が、あったのですか？」

逆に、北条早苗が、きいた。

「今のところ、ほかの二十五人には、何の変化もない」

「では、こちらの、宮沢巡査長が、本命ですね？」

「いや、そう断定するのは、まだ、早すぎると思う」

「どうしてですか？　九時五分に電話をしてきた男は、明らかに、おかしいですよ。私には、犯人としか、思えません」

「それはわかっている。犯人のひとりかもしれない。しかしね、犯人は、わざわざ、宮沢巡査長に、電話をかけてきたんだ。それは、警察の反応が、いちばんよく、わかるからじゃないだろうか？　そうしておいてから、ほかの二十五人のひとりに、接触してくるかもしれない。だから、もうしばらく様子を見たい」

十津川は、慎重だった。

2

午前十時が近づくにつれ、世田谷警察署の空気は、ピリピリしたものになっていく。九時五分の男からの電話は、宮沢巡査長の携帯に、直接かかってきたのである。次の午前十時にかかってくる電話も、たぶん、宮沢巡査長の携帯に、かかってくるだろう。

警察の電話は、相手が切っても、繋《つな》がったままになっている。つまり、警察に電話をかけると、犯人側にしてみれば、逆探知される恐れが、あるのだ。

しかし、宮沢巡査長個人の携帯となると、そうはいかない。

犯人は、そのことを考えて、携帯にかけてきたのだろうし、また、二回目の電話も、携帯が使われるだろう。

そこで、宮沢巡査長の携帯にボイスレコーダーを繋ぎ、音量を、大きくできるように、あらかじめスピーカーにも繋いでおいた。

午前十時ジャスト、宮沢巡査長の携帯が鳴った。

宮沢巡査長は、ゆっくりと、受信ボタンを押してから、電話に出た。一回目と同じ男の声だった。

「これから、君には携帯を持って、ゆっくりと、世田谷警察署を出てもらう。われわれが、見張っているから、もし、君を、尾行する人物がひとりでもいれば、われわれは、ただちに、世田谷警察署を、爆破する。これは嘘《うそ》でも、脅かしでもない。昨日、清掃会社が入って、そちらを掃除しているはずだ。その時に、何カ所かに、爆薬を仕かけておいた。それが嘘ではない証拠に、これから五分後に、一階北側のトイレの一カ所を、爆破する。もし、トイレに入っている者がいれば、すぐに、待避させろ。この段階では、われわれは、無用な人殺しはしたくない」

と、男の声が、いった。

男の指示は、マイクを通して、部屋中にきこえている。それを北条早苗刑事が、自分の携帯を使って、捜査本部の、十津川にも伝えてきた。

五分後、爆発音が、十津川の耳にもきこえた。

世田谷警察署では、もちろん、それ以上のすさまじい爆発音が、起きていた。男の予告どおり、警察署北側の、トイレの一カ所が爆破されたのだ。

「どうだ、予告どおり、爆発したはずだ。これで、こちらの言葉を信用してくれただろう？　いいか、これから、宮沢巡査長には、携帯を持って、世田谷警察署を、出てもらう。そのあと十分間、誰ひとりとして、警察署から外に出ることは、許されない。正面からも、裏からもだ。もし、ひとりでも、警察署を出る者がいれば、今度は、中心部を、爆破させる。これは嘘ではない。いいか、十分間だ。宮沢巡査長は、携帯を持って、ゆっくりと、正面玄関から外に出ろ」

男が、強い口調で、指示した。もちろん、その男の声も、捜査本部の十津川に、伝わっていた。

十津川は、直《ただ》ちに、決断した。

犯人は、宮沢巡査長が、携帯を持って世田谷警察署から外に出ることを要求している。

しかも、その後十分間は、ひとりでも警察署から出る者がいれば、署の中心部を、爆破すると警告している。

となると、世田谷警察署の刑事が、宮沢巡査長を尾行することは、難しいだろう。

また十分後に出たのでは、彼女を追うことはまず無理だろう。

「私と亀井刑事が、宮沢巡査長を、何とかして、尾行することにする。宮沢巡査長の服装は？」

「制服を着ています」

北条早苗刑事が、答える。

十津川は、すぐ、三上本部長に、捜査本部を留守にすることを伝え、直ちに、亀井刑事と二人、捜査本部を出て、覆面パトカーに、乗りこんだ。

3

覆面パトカーをスタートさせると、十津川は、携帯で世田谷警察署にいる、北条早苗刑事に、指示をした。

「これから亀井刑事と二人で、世田谷警察署にいくが、間に合うかどうかわからん。何とかして、宮沢巡査長が、署を出るのを、遅らせてくれ」

それを早苗が、牧原警部に伝えて、牧原が、宮沢巡査長に、伝えた。

「何でもいいから、芝居をして、時間を稼げ」

牧原が、宮沢巡査長に、いった。

「一回なら、忘れ物をしたことにして、戻れますが、二回はできません。怪しまれるに、決まっています」

と、宮沢巡査長が、いった。

「じゃあ、一回でいい。とにかく、そういうことにしろ」

と、牧原が、いった。

「さあ、スタートだ」

電話の男が、いった。

宮沢巡査長は、携帯を、手に持ち、わざと、制服の帽子を、机の上に忘れて、正面から出ていった。二百メートルほど歩いたところで、わざと手を頭にやり、いかにも帽子を忘れたというしぐさをしたあと、小走りに、警察署に戻っていった。

犯人が、それを芝居とは気がつかなければいいがと思いながら、宮沢巡査長は、部屋に戻ると、制服の帽子を頭にかぶり、もう一度、正面玄関から、外に出ていった。

「何をしていたんだ？」

案の定、男が、きく。

「帽子を忘れてしまったんですよ。あなたが、やたらに、携帯、携帯というものだから、そちらのほうばかりに、気がいってしまって」

「そこで止まれ」

男が、いった。

「こんなところで、止まって、どうするんですか？　警察署を出てから、まだ二百メートルぐらいしか離れていませんよ」

「いいから、黙って、こちらのいうとおりにするんだ」

男が、怒ったような口調で、いった。

そのいい方で、宮沢巡査長は、男の考えに気がついた。

犯人は間違いなく、こちらが見えるところにいるのだ。まず宮沢巡査長を止まらせ、彼女を尾行するために、ほかの刑事や警官が、警察署から飛び出してこないか、それを、見ているに違いなかった。

宮沢巡査長は、思わず微笑した。これで、少しは時間が、稼げると思ったからだ。

捜査本部から、十津川警部と、亀井刑事が、覆面パトカーで、こちらに向かっている。時間が必要なのに、犯人が、それを、与えてくれたからである。

世田谷警察署の建物から、飛び出してくる人間は、ひとりもいなかった。

五分経《た》った。

「もういいだろう。大通りに向かって、ゆっくり歩け」

男が、指示した。

その間に、北条早苗刑事は、世田谷警察署の最上階にあがり、双眼鏡で、宮沢巡査長を追いかけた。

それを、そのまま、早苗は、携帯で、十津川に伝える。

「宮沢巡査長は、世田谷警察署を出たあと、二百メートルほどいったところで、五分ほど立ち止まっていました。携帯を耳に当てていましたから、おそらく、犯人からの指示だと思われます」

「どうして、五分も、立ち止まっていたんだ？」

「たぶん、その間に、警察署から、尾行する人間が飛び出してくるかどうかを、見ていたのだと、思います」

「そのおかげで、宮沢巡査長に、何とか、追いつけるかもしれないな。カメさん。あと大通りまで、何分くらい、かかるんだ？」

「三、四分だと思われます」

「わかった」

4

宮沢巡査長は、携帯を、耳に当てながら歩いていく。その間も、犯人と思われる男から、細かい指示が、次々に、与えられていた。

「大通りに出たら、北に向かって、まっすぐ五、六分歩け。そこに、日産マーチが駐《と》めてある。ナンバーは品川６１××。キーは、さしたままになっている。それに、乗りこむんだ」

「乗ってからは、どうするんです？」

と、男が、いった。

「それは、その時にまた、指示する」

大通りへ出て、北に向かって歩道を歩いていくと、たしかに、男がいっていたツートンカラーのマーチが駐まっているのが目に入った。ナンバーも、男がいったとおりの品川６１××である。

ドアに、鍵は、かかっていない。

乗りこむと、なるほどキーはさしたままになっている。

「乗ったか?」

「ええ、乗りました。これから、どうしたらいいんですか?」

「まず、北に向かって、時速四十キロで走らせるんだ。その後、また指示を与える」

と、男が、いった。

宮沢巡査長が、車を、スタートさせた。

すぐ前に、黒っぽいワンボックスカーが駐まっている。それを、避けるようにして、前に出る。

何気なくバックミラーに、目をやると、さっきの黒いワンボックスカーが、ついてきていた。

(犯人たちの車か?)

と、思い、ポケットに入れてきたボイスレコーダーに、その黒いワンボックスカーのナンバーを、吹きこんだ。

その時、十津川たちの乗った覆面パトカーも間に合って、宮沢巡査長の乗った車の近くに、姿を現していた。

5

突然、堰《せき》を切ったように、十津川の耳に、情報が、飛びこんできた。

二十五歳の林由美は、母親がやっている喫茶店を手伝っていた。この店にも刑事二人がいき、ひとりが店のなかにいて、もうひとりが、店の外から見張っていた。

その喫茶店の窓ガラスが、突然、銃弾によって、割られたのである。

銃声は一発だけ。窓ガラスは、粉々に割れたが、店のなかも外も、怪我人は、ひとりも、出ていない。

外から、店を見張っていた世田谷警察署の刑事が、必死に調べたが、犯人が、どこから銃を撃ったのか、わからなかった。

吉川美由紀と小山樹里は、二人とも、二十五歳のＯＬだが、吉川美由紀に午前十時三十分頃、男の声で電話が入った。高校時代の美由紀の友人が、交通事故に遭った。現在、救急車で、病院に運ばれたが、かなりの重傷である。高校時代の友人であるあなたに、会いたがっているから、すぐにきてほしいというのだ。

美由紀は、すぐに、駆けつけようとしたが、彼女を警護していた刑事のひとりが、念のために、その病院に、電話をしてみると、友人の交通事故も、重傷も、会いたがっているという話も、すべて嘘だとわかった。

もうひとりのＯＬ、小山樹里は、午前十一時、いつものように、十キロ離れた子会社に、書類を届けることになった。

毎日のことだし、小山樹里ひとりではなくて、先輩の棚橋美津子《たなはしみつこ》という女性社員も、一緒だったから、小山樹里の行動を監視していた刑事も、ついタクシーを拾って子会社にいく小山樹里を、そのままいかせ、刑事自身は、覆面パトカーで、そのあとを追った。

ところが、会社を出てすぐ、二人の乗ったタクシーが、突然、大型のトラックに追突された。

尾行していた刑事は、慌てて覆面パトカーから飛び降りて、横転したタクシーに駆け寄っていった。

「小山樹里と先輩の棚橋美津子の二人は、すぐ救急車で、近くの病院に運ばれました。どうやら、命には、別状ないようです。それから、追突した大型トラックですが、ナンバーを控えていたので、すぐに調べたところ、該当するトラックが見つかりません。たぶん、偽造のナンバープレートをつけていたのでしょう」

刑事が、十津川に、電話で、しらせてきた。

葛西奈緒美《かさいなおみ》、二十五歳は、高校時代の友人と二人で、浅草に食事にいった。浅草にある「天かく」という天ぷら屋で昼食を取っていたのだが、その時、突然、その個室から、白煙があがった。

葛西奈緒美を警護していた刑事二人が、部屋に飛びこんでいき、押し入れから白煙が、あがっているのを発見した。まず二人の女性と、他の客を避難させてから、爆発物処理班を呼んだ。

「その個室は、昨日、葛西奈緒美の友人が、予約しておいた部屋だと、わかりました。その天ぷら屋では、玄関のところに、今日の予約者の掲示板があって、そこに、葛西奈緒美の名前と、部屋の名前、桔梗《ききょう》の間というのですが、それが、出ているのです。どうやら、昨日の夕食を食べにきた人間が、その掲示を見て、桔梗の間に、爆薬を仕かけておいたのではないかと、思われます。それが、時限装置の故障で爆発せず、煙だけが、出たということで、助かりました」

刑事が、十津川に、携帯を使って、報告した。

「その時限装置だがね、故障ではなくて、最初から、爆発はしないようにしてあったんじゃないのか？」

十津川が、きいた。

「それは、わかりませんが、爆発物処理班は、時限装置の故障で、爆発しなかったといっています」

「とにかくもう一度、慎重に、調べ直せ」

と、十津川が、いった。

しきりに、飛びこんでくる電話を受けながらも、十津川たちの覆面パトカーは、宮沢巡査長の乗ったマーチを、追っていた。

運転している亀井が、

「向こうの車は、同じところを、ぐるぐる回っていますね」

と、いった。

なるほど、同じような景色を、すでに、二回か三回、見ているのだ。

「こちらが尾行しているのに、犯人が、気がついたのかもしれません」

亀井が、いった。

その時、突然、十津川たちの覆面パトカーと、宮沢巡査長が、運転しているマーチの間に、一台の大型トラックが、割りこんできた。

亀井が、しきりに、警笛を鳴らすのだが、目の前の大型トラックは、どこうとしない。

亀井は、いったん、覆面パトカーのスピードを落とし、大型トラックとの間を、大きく開けてから、アクセルを踏み直して、大型トラックを追い越した。

しかし、その先に、今まで走っていた宮沢巡査長の車は、消えてしまっている。

亀井が、急ブレーキをかけた。

「まんまとやられましたね」

と、亀井が、忌々《いまいま》しそうに、いった。

「ここにくる、少し手前に、左に折れる道路があっただろう？　おそらく、そこを、曲がったんだ」

「同感です」

亀井は、赤色灯を屋根に乗せ、サイレンを、鳴らして、車をUターンさせた。こちらの邪魔をしていた大型トラックは、いつのまにか、姿を消している。

左折する道を曲がったが、宮沢巡査長の車は、見えない。

「停めてくれ」

と、急に、十津川が、いった。

亀井が、車を停めると、十津川は、助手席から、飛び降りた。

道路の端で光っている、小さな機械を、拾いあげる。十津川が拾いあげたのは、小さなボイスレコーダーだった。

「たしか、宮沢巡査長が、これと同じものを使っていたような気がするんだ」

十津川がスイッチを入れてみた。案の定、宮沢巡査長の声が、飛び出してきた。

「世田谷×町のお化け屋敷にいくんですか？　どうして、そんなところにいくんですか？」

「とにかく、いけばいいんだ。いわれたとおりにしろ。早くいかないと、後悔することになるぞ」

男の声が、脅かす。

「お化け屋敷って、どこですかね？」

亀井が、十津川に、きく。

「たしか、半年くらい前に、古いマンションが火事になった。持ち主たちに、建て直す金がないので、ほうっておかれて、廃墟《はいきょ》と化してしまっているマンションがあると、きいたことがある」

と、十津川が、いった。

とにかく、二人は、近くにあったパン屋で、そのマンションのことをきいた。

現場に到着すると、たしかに、火事に遭ったマンションがあった。今は、誰も住んでいないので、たしかに、お化け屋敷のように見える。

二人は、車を降りると、マンションのなかに入っていった。

エレベーターが止まり、どの部屋も焼けて、無残な姿をさらしていた。

十津川たちは、一階から順番に見ていった。

最上階の五階で、十津川たちは、宮沢巡査長を、発見した。

部屋は焼けただれているのに、なぜか、真新しい組み立て式の、ベッドが置かれ、その上に、宮沢巡査長が、仰向《あおむ》けに、寝かされていた。

やたらに薬の臭いがする。注射器も、ベッドの傍に捨てられていた。

十津川が、声をかけたが、宮沢巡査長は、目を閉じたまま、ピクリとも、動かない。

すぐ、救急車を呼んだ。

6

意識不明のまま、宮沢巡査長は、近くの病院に、運ばれた。

十津川は、現場にあった、薬の瓶や注射器を持って、病院に、つき添っていった。

病院では、すぐに応急処置が施されたが、宮沢巡査長の意識は、なかなか、戻ってこない。ただ、脈は、はっきりと打っているし、命に別状はなさそうである。

「何か強い薬を、注射されたように、思えますね」

と、医師が、いった。

「睡眠薬ですか？」

「いや、これは、睡眠薬のような、薬じゃありません」

十津川が、現場から、持ってきた薬の瓶と注射器を、医師に渡した。

医師は、薬瓶に書かれている文字を、読んだあとで、

「私は、この薬を、使ったことはありませんが、映画などに、よく出てくる、自白薬というんですか、おそらく、そんな種類の薬だと、思いますね」

と、いった。

とにかく、宮沢巡査長の意識が、戻るのを待つことにして、十津川は、三上本部長に、報告した。

十津川が、世田谷警察署の宮沢巡査長が、現在、意識を失っていることを、告げると、三上は、

「ほかにも事件が、続発していただろう。あれは、どうしたのかね？」

「たぶん、宮沢巡査長の事件以外は、すべて犯人たちの、陽動作戦だと思います。われわれの注意を、ほかに、向かわせようとしたのです。その証拠に、宮沢巡査長以外には、被害者は、出ていません」

と、十津川が、いった。

病院に、世田谷警察署の署長や、直属の上司である牧原警部も、心配して、駆けつけてきた。

他に、世田谷警察署にいた、北条早苗刑事も、病院にやってきた。

「まだ意識が戻らないんですか？」

北条早苗刑事が、心配そうにきく。

「戻らない。よほど強い薬を、注射されたようだ」

とだけ、十津川が、いった。

暗くなると、宮沢巡査長が、やっと、目を覚ました。

しかし、十津川が、何をきいても、返事がない。

何かを、喋《しゃべ》ろうとしても、ろれつが、回らないのである。口からは、よだれが流れ出す。

宮沢巡査長は、警察病院に、移されることになった。そのほうが、適切な治療が、施せるのではないかと、思われたからである。

目は開いているのに、宮沢巡査長は、こちらの質問に対して、答えることが、できない。栄養は、点滴で入れ、しばらく、様子を見るよりほかに仕方がなかった。

夜が明けると、世田谷警察署に、二回にわたって、電話がかかってきた。

「宮沢巡査長が、救急車で運ばれたときいたが、容態は、どうですか？」

心配するふりをした、男からの電話だった。

それに対して、世田谷警察署は、

「宮沢巡査長の、容態は危篤状態で、心配している」

とだけ、答えた。

それは、十津川たちが考えた答えだった。

二日目になって、やっと、宮沢巡査長の喋り方が、正常に、なった。

十津川は、世田谷警察署に対して、

「もし、宮沢巡査長の容態をきく電話が、かかってきたら、依然として、危篤状態で予断を許さない。心配していると、そう、答えてください」

と、いった。

宮沢巡査長のほうは、

「私は、どうしたんでしょう？」

と、十津川に、きく。

「二日間にわたって、昏睡状態が、続いていたんだ。もう大丈夫だよ」

「そうなんですか。でも、何があったのか、自分でもわからないんです」

宮沢巡査長が、いう。

どうやら、軽い記憶喪失に、なっているらしい。

「君は、自分が何者かは、わかっているだろうね？」

十津川は、少しばかり、不安になって、きいた。

その十津川の言葉をきいて、やっと、宮沢巡査長が笑った。

「ええ、もちろん、わかっていますとも。私は、世田谷警察署に所属している婦人警官です」

「一日前の七月十日、何があったか、覚えているか？」

と、きくと、急に、宮沢巡査長は、頼りなげな表情になって、

「一生懸命に、思い出そうとするんですけど、何か、目の前に、霞《かすみ》がかかっているようで、思い出せないんです」

と、いう。

声がかすれていて、痛々しい。

十津川は、水を飲ませてから、

「慌てることはない。ゆっくり思い出せばいい。今、起きている事件のことは、わかっているね？　それから東京、京都、それに、静岡で起きた事件だ」

「わかっています。たしか、二十五歳の女性が、連続して殺されている事件ですよね？　違いますか？」

「そうだよ。君も二十五歳だから、狙われた」

と、十津川が、いった。

「でも、どうして、私が、狙われたんでしょうか？」

「七月十日に、君が、いったい、どんな目に遭ったのか、それが、はっきりすれば、事件の真相に近づけると、私は、思っている。七月十日、午前九時五分に、男から君に、電話が入った。君の持っている携帯に、電話がかかってきたんだよ。男は、君に、十時になったら携帯にまた電話するといい、そこで、携帯を持って、世田谷警察署を出るようにと、指示をした。君を尾行する人間がいれば、世田谷警察署を、爆破すると、犯人は、脅かしたんだ」

「世田谷警察署が、爆破されたんですか？」

十津川の目を見ながら、宮沢巡査長が、きく。

十津川は、笑った。

「いや、何も、起きていないよ。大丈夫だ。世田谷警察署は、今もちゃんと、建っている。君は、犯人の命じるままに、携帯を持って警察署を出て、指示どおりに、まっすぐ大通りに向かって歩いていった」

「どうして、私は、犯人の、いいなりになったんですか？」

「今もいったように、もし、君が犯人のいうとおりにしないと、世田谷警察署を、爆破すると、犯人が脅かしたんだ」

「でも、爆破なんか、しなかったんでしょう？　それは、犯人の嘘だったわけですよね？」

「世田谷警察署では、七月九日の日に、清掃会社が入って掃除してもらっている。その時に、犯人は、署内のどこかに爆発物を仕かけたと、いっている。それで、爆発物処理班が、その爆発物を、捜している」

と、十津川が、いった。

「私は、犯人のいいなりになってしまったんでしょう？　悔しいし、恥ずかしいです」

と、宮沢巡査長が、いう。

「いや、君が犯人のいうとおりに動いてくれたおかげで、世田谷警察署は、爆破されずに、すんだんだよ。警察署が、ちゃんと機能しているのは、君のおかげなんだ」

十津川は、相手をなぐさめてから、

「その後、君は、犯人が、駐めておいた車に乗った。犯人に命じられるままに、車で同じ場所を、ぐるぐる回っていた。犯人が、警察の動きを、確認するために、君に指示したんだと思っている」

「でも、犯人のいいなりになるなんて、警察官としては、恥ずかしい限りです」

宮沢巡査長は、やたらに自分を責めている。

「そんなことはない」

十津川は、何回も、相手を、慰めてから、

「そのうちに、君は、犯人の指示どおりに、世田谷×町にある、マンションの、火事で、今は、誰も住んでいない、お化け屋敷に、いくことになった。その五階に連れていかれて、君は、犯人に薬を、注射されたんだ」

「どんな薬ですか？」

「薬の名前はわかったが、医師の話によれば、どうやら、戦時中に、使われた自白薬らしい」

「私は、注射されて、その後、どうしたんですか？」

「私と亀井刑事が、現場にいった時には、すでに、犯人の姿はなくて、君は、ベッドの上で意識を失っていた。だから、犯人が、いったい、何をしたのか、犯人から、何をきかれたのか、君が、どう答えたのかも、知っているのは、君だけなんだ。だから、何とかして、君に、思い出してほしいんだ」

十津川が、いうと、宮沢巡査長は、

「何とか、思い出そうとするんですけど、どうしても、何も思い出せないんです」

「慌てることはない。時間をかけて、ゆっくり、思い出してくれればいいんだ。今回は、誰も、犠牲になっていないからね」

「本当なんですか？　どこかで、若い女性が、殺されているのではありませんか？　それが心配なんです」

「いや、こちらで調べたが、今回は、誰ひとりとして、犠牲にはなっていない。その点は、安心していい」

十津川は、繰り返した。

7

宮沢巡査長は、また、しばらく目を閉じて眠ってしまった。強い薬を、注射されたこともあって、肉体的にも、精神的にも、強い疲れを感じるのだろう。

宮沢巡査長は、数時間眠ってから、目を覚ました。

十津川と亀井は、宮沢巡査長に、また話をきくことにした。

十津川が、嬉《うれ》しかったのは、少しずつではあったが、彼女の体力や、記憶力が、よくなっていることだった。

今度は、あのお化け屋敷の、五階にいたことを、やっと、思い出した。

「あの五階に、男が二人いて、私は、ベッドに、寝るようにいわれたんです」

と、宮沢巡査長が、いう。

「若い男たちか?」

「そうです。二十代の後半か、せいぜい、三十歳を、少し出たくらいの男が、二人いました」

「顔は、覚えているか?」

「いいえ、覆面のようなものをしていたので、わかりません」

「それから、何があったんだ？　二人の男に、いったい何をきかれたのか、それを思い出してほしいんだよ」

「それが、まだ、よく思い出せません。ただ、二人の男に、何かを、きかれたんだとは、思いますが」

「君自身のことを、きかれたのかな？　それとも、君の家族とか、友人のことを、きかれたのかな？」

「私の家のことを、きかれました」

「具体的にいうと？」

「お前の家には、何か、秘密があるはずだ。それを、喋ってもらいたいといわれました」

「君の家の秘密？　何か、君の家には、秘密があるのか？」

「いいえ、そんなものは、何もありません。父は、平凡なサラリーマンですし、典型的な、ごく、普通の家ですよ。お金もないけど、何となく、みんな元気で、あ、それから、ネコが一匹いますけど、秘密なんて、何もありません」

「しかし、犯人は、君の家に、何か、秘密があるはずだといったんだろう？」

「そうなんです」

「それから、何があったんだ？」

「私が、いくら否定しても、二人の男は、絶対に何かあるはずだといって、譲らないのです。それから、いきなり押さえつけられて、注射を、されたのです」

と、宮沢巡査長が、いった。

「両親は、健在かね？」

「ええ、健在です」

「兄弟は？」

「おりません。私ひとりです」

「君の家の住所と、それから、電話番号を、教えてくれ」

と、十津川は、いい、まず電話をかけてみた。

しかし、誰も出ない。

十津川は、急に、不安になってきた。

十津川は亀井と二人、いったん宮沢巡査長との話を、中断し、彼女の家に、車で向かった。

宮沢巡査長の家の近くまでくると、ちょうど救急車が、出発するところだった。

十津川が、それを止めて、なかにいる救急隊員に、きくと、

「今、宮沢夫妻を乗せて、救急病院に、連れていくところです」

「急病か？」

「いや、違うようです。何か、薬を飲んだのではないかと、思われます」

と、救急隊員が、いった。

「薬だって？」

十津川の頭に、宮沢巡査長のことが、浮かんだ。

宮沢巡査長の両親にも、誰かが、同じような薬を、注射したのでは、ないだろうか？

十津川は、救急車のあとについて、車を走らせることにした。

運ばれた病院で、十津川は、宮沢夫妻の手当てをした医師に、あとから、話をきくことができた。

「ご夫妻とも、何か、強い薬を注射されているようですね。それで、体もかなり弱っていますし、それ以上に、脳神経が、どうなっているのか、傷ついていないかどうか、それが、心配です」

と、医師が、いった。

やはり、娘の宮沢巡査長と同じ薬を、注射されたに違いない。

そこで、十津川は、医師に、宮沢巡査長のことを話した。

「そうですか。その薬のことは知りませんが、自白薬のようなものがあって、それを、注射された人を、診《み》たことがあります。たしか、二日間くらいは、意識が正常に戻らなくて、危篤状態がつづいたのを覚えています」

と、医師は、いった。

「治りますか?」

と、亀井がきく。

「わかりませんね。今のところ、心臓は動いていますし、脈拍も、正常ですが、何しろ、かなり強い薬を打たれていますからね。体は大丈夫でも、脳神経が破壊されていることも考えられます。とにかく、回復するのには、時間がかかりますよ」

医師が、いった。

十津川たちは、いったん警察病院に戻って、宮沢巡査長に会うと、

「犯人は、あなたの両親にも、同じ薬を注射したらしい。現在、病院で、手当てを受けているよ」

と、伝えた。

「今すぐ、両親のところにいっては、いけませんか？」

と、宮沢巡査長が、いう。

「いや、それは無理だ。ただ、もう少し容態が落ち着いたら、ご両親も、この警察病院に移そうと、思っている。そうすれば、君が、両親の見舞いもできる」

と、十津川は、約束した。

犯人は、いったい、何をしようとしたのだろうか？

第六章

二十五年前の一日

1

宮沢恵を見舞っての帰りに、亀井が、ふと、いった。

「彼女は、どうして、殺されなかったんですかね？」

「そうなんだよ。私も今、カメさんと、同じことを考えていたんだ。宮沢恵が拉致され、自白薬まで注射された。それだけじゃない。彼女の両親も、ひどい目に、遭った。だが、犯人は、宮沢恵を、殺していないんだ。その理由がわからない」

「拉致して、自白薬の注射までうったものの、結局、宮沢恵は、犯人たちの求めている女ではなかった。だから、殺されなかった。そういうことじゃありませんか？」

「しかし、連中は、すでに二人も殺しているんだ。ただ単に、二十五歳の女だということだけでだ。だから、宮沢恵が、犯人たちの探している女ではなくても、殺される可能性は、あったんじゃないのかね？」

「それはそうですが、そうなると、いったい、どういうことに、なっているんですかね？」

亀井が、首をかしげた。

　十津川は、考えていたが、

「これは、私の勝手な推論なんだが、宮沢恵は、犯人たちが、探していた女ではなかった。しかし、彼女は、犯人たちが必要とする情報を持っていたんじゃないのかね？　だから、彼女を殺したら、自分たちの、探している手がかりが消えてしまう。だから、生かしておいた。そういうことじゃないのかね？　殺さずにおいて、宮沢恵が、何か、思い出すことがあれば、犯人たちは、目標に、近づける。それを狙って、殺さなかったのではないか？　そう思っているんだがね」

「しかし、漠然としすぎていますね。何とかして、犯人たちと同じ情報を手に入れたいんですが」

「ひとつのヒントとしては、宮沢恵が生まれた二十五年前に、何かが、あったんじゃないのかな」

　と、十津川が、いった。

「場所は、どこですか？」

「わからない。日本かもしれないし、外国かもしれない」

「もう少し、月日を、絞れませんか？」

「たしか、宮沢恵が、生まれたのは、二十五年前の、三月二十五日だった。その日、どこかで何か、今回の事件につながるような、大きな事件が、起きていないか、それを、調べてみようじゃないか？」

と、十津川が、いった。

十津川は急に立ち止まり、そのあと、捜査本部に戻る代わりに、国会図書館に向かった。国会図書館で二十五年前の、三月二十五日の新聞を見せてもらうことにしたのだ。

その頃の新聞は、マイクロフィルムに収められている。

二人の刑事は、小部屋に案内され、そこで、二十五年前の、三月二十五日の新聞を調べていった。

しかし、二十五年前の三月二十五日の新聞には、これはと思えるような記事は、載っていなかった。

二人は、少しずつ、調べる範囲を広げていった。

前日の三月二十四日と、翌日の三月二十六日の新聞である。

だが、相変わらず、これといった事件は、起きていない。北海道は、季節はずれの大雪になっていて、その記事が載っていたが、宮沢恵が生まれたのは、東京である。

さらに、もう一日ずらしてみた。三月二十三日と三月二十七日である。

この日の新聞にも、これといった事件の記事はなかった。

「うまくヒットしませんね。もっと範囲を広げて調べてみますか？」

と、亀井が、きく。

その顔は、少しばかり、疲れの色が濃くなっている。

「こうなったら、三月全部の新聞を調べてみよう」

と、十津川が、いった。

「場所は、東京か、それとも、日本だけに、限定しますか？」

「いや、範囲は地球全体」

と、十津川が、いった。

十津川は、別に、何かを期待して、地球全体といったわけではない。最初から、日本だけに、絞ってしまうと、肝心の、事件の解決に近づけない怖《おそ》れを、感じたからである。

今度は二人で、二十五年前の、三月の一日から、マイクロフィルムのなかに浮かんでくる文字を、追っていった。

そして、見つかった。

三月十日、ニューヨークの繁華街、アメリカの有名なデパートで、何者かによる爆破事件が起きていた。デパートの五階にある家庭用品の売り場で時限爆弾が爆発し、死者十人、負傷者三十一人の、大惨事が起きていたのだ。

犠牲者のなかには、日本人も含まれていた。

この爆破事件に巻きこまれた日本人の名前が列挙されていて、そのなかに、宮沢恵の、両親の名前も、ローマ字で書かれていた。

死者や負傷者のなかには入っていなかったから、この事件のあとすぐ、日本に帰ってきて、三月二十五日に、宮沢恵を、産んだことになる。

「カメさん、この事件を、徹底的に調べてみよう」

と、十津川が、いった。

十津川は、やっと、手がかりらしきものをつかんだという感触を、得ていた。

2

日本の新聞だけでは、心もとないので、この事件を報道した現地ニューヨークの新聞各紙のコピーを、わざわざ、取り寄せることにした。

ニューヨークの繁華街にあるブラッドリー・デパートの五階で、現地時間午後一時六分に、突然、大きな爆発が起きた。五階の何カ所かに仕かけられていた時限爆弾が、いっせいに爆発したのである。

その日、五階では、新しい、育児用品の発表会があり、また、育児について、専門家が答えてくれるというコーナーも、作られていたので、これを目当てに来店した妊婦の客も、多かった。

十人の死者のなかには、日本人も二人、含まれていた。この二人のうちのひとりは、佐伯香里《さえきかおり》、二十八歳、もうひとりの日本人は、三浦由美子《みうらゆみこ》、三十歳とあった。

現地の新聞「ニューヨーク・ツディ」によると、この三浦由美子は、爆発で死亡したが、奇跡的に、事故現場で、双子の女の子を出産していたとあった。双子である。

そのひとりは、デパートのオーナーが、この爆発事件には、自分にも責任があるといって、養女に迎え入れた。

だが、もうひとりの赤ん坊のほうは、その後どうなったのか、わからない。

これが「ニューヨーク・ツディ」の記事だった。

この三浦由美子が爆発事件の時に産み落とした双子のうちのひとりは、デパートのオーナーが養女として引き取った。

もうひとりの女の子の行方は、どうなったのか、十津川は、この双子について、ニユーヨーク市警に、照会することにした。

ニューヨーク市警からの回答は、二日後に送られてきた。

問題のデパートは、現在もニューヨークの繁華街にあり、二十五年前の、オーナーの名前は、K・ブラッドリー、現在八十歳だが、問題の爆発があった時は、五十五歳で、社長をしていた。

この時、K・ブラッドリーに、引き取られて養女になった女の子は、現在二十五歳。名前は、N・ヒロミ・ブラッドリーと、名乗っているが、おもい腎臓病《じんぞうびょう》と診断され、現在、病院に入院していて、ブラッドリー家では、腎臓病を、治そうと必死になっている。

あらゆる手段を講じるつもりで、そのためにどんなに金がかかってもいいと、八十歳の会長、K・ブラッドリーは、メディアに向かって、訴えている。

N・ヒロミの写真も送られてきた。着物姿のスナップと、ドレス姿で微笑《ほほえ》んでいるもの計二枚である。

問題のブラッドリー・デパートは、アメリカでは古いほうのデパートで、創業は百五十年前。現在は、ニューヨーク以外にも、ワシントン、サンフランシスコに支店があり、総資産は五百億ドルとも、いわれている。

会長のK・ブラッドリーは、記者団に向かって、N・ヒロミを、私は、絶対に助ける。そのためには、どんな手段でも、尽くすつもりである。

また、いくら金がかかっても構わない。もし、腎臓病に対する新しい治療法があれば、いくらかかろうとも、それを施す気持ちであると、八十歳の会長が、メディアに向かって発表した。

「それが、今回の事件の、動機でしょうか？」

「二人の二十五歳の女性が殺された。そして、宮沢恵が、拉致され、自白薬を注射されている。そのことと、この爆破事件とは、おそらく、関係があるはずだ」

と、十津川が、いった。

「二十五年前の三月十日、ニューヨークのデパートで、時限爆弾が爆発し、十人の人間が死んだ。そのなかのひとりに、日本人、三浦由美子という女性がいた。爆発した現場で、双子の女の子を産んだが、母親は死んでしまった」

「犯人たちは、双子のもうひとりを、探しているのではありませんか？」

亀井が、いった。

「その双子の片方から、腎臓をもらって、現在入院しているN・ヒロミに、腎臓を移植するつもりなのかもしれない。双子ならば、移植した時に、拒絶反応が起こりにくいだろうからね。おそらく、N・ヒロミを助けたいと思うブラッドリー氏は、どんな手段を講じても、また、いくら金がかかってもいいからといって、双子のひとりを、見つけ出そうとしているんだ」

「問題の双子の片方ならば、拉致してでも、ニューヨークに連れていくんでしょうが、それが、間に合いそうもないので、同じ二十五歳の女性を殺して、その腎臓を冷凍して、ニューヨークに、送るつもりだったんじゃないでしょうか？」

「おそらく、そうだろう。しかし、今までに殺した二人の場合は、臓器の提供者にはなっていなかった。だから、その腎臓をニューヨークまで持っていって、N・ヒロミという女性に、移植することが、できなかった」

「宮沢恵が狙われたのは、彼女が、問題の双子の片方ではないかと、思われたからでしょうか？」

「たしかに、その可能性は否定できないね。それに、二十五年前の新聞を調べて、宮沢恵の両親が、二十五年前の三月、問題のデパートにいて、爆発事件に、遭遇している。そのまま、東京に帰り、三月二十五日に、女の子を産んだ」

「それが、宮沢恵というわけで、そうした、いくつかの条件があったので、犯人は、宮沢恵が、問題の双子のもうひとりではないかと、考えたわけですね？」

「そういうことだろう。それを確認したくて、犯人は、自白薬の注射までして、宮沢恵から、問題の双子のかたわれだという自白を、取りたかったんだと思うね」

「しかし、違っていたということですね」

「そうだ。違っていたんだ。ただ、宮沢恵の両親は、二十五年前の三月に、ニューヨークの問題のデパートで、事件に、遭遇している。だから、宮沢恵とその両親が、問題の双子の件について、何か、知っているだろう。犯人たちは、そう考えて、宮沢恵を、解放したんだと思うね」

「宮沢恵は、婦人警官ですから、自分がひどい目に遭った今回の事件について、調べるはずです。そうなれば、行方不明の双子の片方を見つけ出すかもしれません。ひょっとすると、犯人たちは、これから、宮沢恵を監視して、問題の双子の片方を、何とかして見つけ出して拉致し、ニューヨークに、つれていくか、あるいは殺して、腎臓だけをニューヨークに、持っていくつもりかもしれませんね」

亀井が、いった。

このことは、十津川から、三上本部長に、伝えられた。

この話には、三上本部長も、乗ってきた。

「たしかに、大いに、あり得る話じゃないか？　それに、犯人たちは、双子の片方を探している。見つけ次第拉致し、ニューヨークに、連れていく。こうなると、われわれとしては、犯人たちよりも先に、双子の片方を、見つけ出したい。いや、絶対に見つけ出すんだ」

と、逆に、ハッパをかけてきた。

3

十津川と亀井は、もう一度、入院している宮沢恵に、会いにいった。

すでに宮沢恵は、ベッドの上に起きあがっていた。

「君の両親は、二十五年前に、ニューヨークにあるアメリカで、いちばん人気のあるデパートに、いっているんだ。新聞によれば、その時、爆破事件があった。何人かの日本人も、そのデパートにいた。その被害者のなかに、君のお父さんとお母さんの二人の名前があるんだがね」

「たしかに以前、両親から、その時のことはきいたことが、あります。ただその事件の時、私は、まだ、生まれていませんから」

「二十五年前の三月十日に、そのデパートで爆破事件があった。その時、君の両親は、デパートにいたことは間違いないんだ。そして、十五日後に、君が、生まれている。おそらく、その事件後に、君の両親は、日本に戻ってきていると、思われるんだ」

「問題のデパートは、今でも、あるんですか？」

「あるよ。ニューヨークの他には、ワシントンと、サンフランシスコの、合計三カ所にあって、アメリカで、いちばん人気のあるデパートなんだ。十二月になると、ニューヨーク中の親が、子どものために、このデパートにいって、クリスマスプレゼントを買うと、いわれている。君は、事件の十五日後に東京で生まれている。両親からデパートの爆破事件について、何か話をきいたことは、ないかね？」

「きいたことは、ありますけど、私にしろ、両親にしろ、爆発によって、別に実害は受けていませんから、自然と、忘れてしまったんだと思います」

「君の両親は、間違いなく、二十五年前の三月十日に問題のデパートにいき、爆破事件に遭っている」

「でも、両親は東京に帰ってから、十五日後に私を産んでいるので、実害はまったくないのです」

「その時に、爆発で死んだ日本人の女性、三浦由美子という女性だが、彼女は、現場で双子の女の子を、産んですぐに、亡くなってしまった。名前は、わかっているが、どこの人間かわからないらしい。生まれた双子の片方を、デパートのオーナーが養女にもらった。ところが、もうひとりのほうが、その騒ぎのなかで、行方不明になってしまった。ニューヨーク市警の話では、そうなっているんだ」

「では、私も、私の両親も、今回の事件には、ほとんど、関係がないわけですね？」

宮沢恵がいう。

「しかし、双子のもう片方を、探している犯人たちにしてみれば、君の両親は、ニューヨークで、問題のデパートの爆破事件に遭遇している。だから、その双子について、何か知っているのではないか？　犯人たちは、そう、考えたから、君と、君の両親に、自白薬まで注射したのに、殺さなかったと思えるんだ。ということは、君か、君の両親が、ひょっとすると双子の片方が、今、どこにいるのか知っているか、あるいは、どこにいるのかを、思い出すのではないか、そう考えて、犯人は、君を解放したんだ。したがって、これからしばらくは、君や、君の両親は、犯人たちに監視されるはずだ」

と、十津川が、いった。

「問題の双子の片方ですが、ニューヨークで爆破事件があったあと、どうなったのか、現地の新聞にも、書いてないのですか？」

「双子のひとりは、新聞にも書いてあるんだが、名前は、N・ヒロミで、デパートのオーナー、K・ブラッドリーの、養女になっている」

「巨万の富を持つデパートのオーナーの養女ですか？」

「全米に、三店あるこのデパートは、資産だけでも、大変なものだが、現在の会長K・ブラッドリー個人の資産も、大変なものらしい。現在八十歳だが、もし、彼が死ねば、その途方もない財産は、養女になったN・ヒロミに、いくことになる。それで、周囲が、いろいろと、騒いでいるんだ」

「しかし、現在、入院している双子のひとりN・ヒロミは、このままでいけば、ひとりで、会長の莫大《ばくだい》な資産を、引き継ぐわけですね？」

「そのとおりだ」

「犯人は、このあと、どう、出てくると、警部は、思われますか？」

宮沢恵が、きいた。

「やはり、双子の、もうひとりを必死になって探すだろう」

「これが、そのN・ヒロミという女性ですか？」

宮沢恵は、十津川が、持ってきた写真に、目をやった。

着物姿と、普通のドレスを着た二枚の写真である。

「現在、犯人たちが、探しているのは、双子のもうひとりのほうでしょう？　双子だから、この写真の顔と、よく似ているのではありませんか？」

「そうだな。よほど、変わった生活をしていなければ、この二枚の写真と、よく似た顔をしているはずだ」

「これから、どうやって、犯人を見つけるつもりですか？」

「今、苦労しているのは、メディアへの対応なんだ。二十五年前に起きた、ニューヨークでの爆破事件の話とか、その時に生まれた双子の女の子とか、その後、その片方が、行方不明になった話とか、そうしたことを記者会見で、話したほうがいいのかどうか、悩んでいるんだ」

十津川が、いった。

「今回の事件は、拉致事件でもあるし、殺人事件でもありますから、記者会見での発表は、慎重にということですか？」

「もちろん、それもあるが、私の個人的な意見としては、記者会見で、すべてを話してしまったほうがいいと、思っているんだ」

「双子の片方は、この日本のどこかにいるはずですね。ただ、本人は、二十五年前のニューヨークで、何があったのかは、まったく、覚えていない。その時に、生まれた子ですからね。記者会見を開いて本当のことを話せば、自分こそ、その双子の片方かもしれないと、名乗り出てくるかも、しれない。警部は、そう考えて、すべてを発表したほうがいいと思っていらっしゃるんですね？」

「そうなんだが、三上本部長は、これは拉致で、ヘタをすると、第三の殺人事件が、起きる可能性がある。だから、しばらくは、記者会見でも、本当のことは、いわないほうがいいと、思っているからね。今のところ、記者会見を開いて、この話をするのは、タブーに、なっているんだよ」

「双子の片方が、現在、日本国内にいることは、間違いないんですか？」

と、亀井が、きく。

「そう考えて間違いないと思っている。何しろ、生まれた二人の赤ん坊も、二人を産んで、死んでしまった母親も、日本人であることは、間違いないんだからね。普通に考えれば、日本に、連れられてきているはずなんだ。もちろん、どんな経緯で、ニューヨークから日本にきたかわからないが、しかし、もし、現在、日本のどこかにいるとすれば、日本のどこかの町、東京かもしれないし、京都かもしれないし、大阪かもしれない。しかし、日本以外というのは、考えにくいんだ」

と、十津川が、いった。

4

十津川は、三上本部長に記者会見で、すべてを話してほしいと嘆願した。

しかし三上は、問題の双子のことは、人権問題が絡んでいる。拉致の可能性もあるとして、いい顔はしなかった。

しかし、このままでは、捜査は進展しないと、十津川は、考えた。

最初は、違っていた。

犯人が狙っているのは、二十五歳の独身の女性である。見つけ出すのは容易《たやす》いことではないかと、思ったが、反対だったのだ。

だから、記者会見で、今、どんなことが、問題になっているか、どんな状況になっているのかを話せば、それによって、問題の女性のほうから、警察に連絡してくるのではないか。

そこで、十津川は、思い切って、非常手段に訴えることにした。

三上本部長は、記者会見で、事件の真相については、依然として不明だと記者たちに話している。

そこで、十津川は、親しくしている、新聞記者何人かを集めて、雑談の形で、まだ証拠はないのだがと断った上で、今までにわかったことを話した。

これはすぐ、新聞に載った。当然、十津川は、三上本部長に、呼びつけられた。

「これは、いったい、どういうことなんだ？」

三上が、新聞の記事を指で叩《たた》くようにしながら、十津川をにらんだ。十津川は、惚《とぼ》けることにした。

「いや、どうしてこうなったのか、自分でもわからないのです。ですから、実は、私も、その新聞の記事を見て、ビックリしていたところなんです」

「知らない？　君が知らないはずはないだろう。私は、この件については何も喋っていないぞ。だとすれば、君以外に、いったい誰が、この件を、記者に喋るというんだ？」

「そうなんですよ。私もビックリしているんですが、おそらく、私と亀井刑事が喋っているのを、記者たちが、どこかで、盗みぎきしたに違いありません。それ以外には、考えられませんが、いずれにしても、すべて、私のミスです。本当に、申しわけありません」

と、十津川は、謝った。

「しかし、こんなことを、新聞に書かれてしまっては、犯人たちが、新しい殺人に走る可能性が、大きくなった。そのことについて、君は、どう、責任を取るつもりなんだ?」

三上本部長が、また、十津川をにらんだ。

「もちろん、私の責任であることは、よくわかっています。もし、新たに死者が出た時には、責任を取る覚悟はできています」

と、十津川は、いった。

三上は、十津川の顔に目をやって、

「本当に、君が喋ったんじゃないのか? 記者たちに、こっそり、話したんだろう?」

「私は、そんなことはしません。どこから、漏れたのか、よくわかりませんが、私の責任であることは、間違いありません」

十津川は、ひたすらしらばっくれ、ひたすら謝った。

5

事件のことが、新聞各紙に載ったあと、反響は、十津川が、想像していた以上に、大きかった。

ただ、その、大部分は、かなり、信憑性《しんぴようせい》のないものだった。

例えば〈私は、二十五年前の三月十日、ニューヨークのデパートで、あの爆破事件に、遭遇した〉という書き出しの手紙がきたので、十津川は、期待して、読んでいったのだが、途中から、馬鹿らしくなって、読むのをやめてしまった。

明らかに、その手紙の主は、問題の場所には、いなかったことが、わかったからである。

その他の投書も、ほとんどが、勝手な空想によって、書きあげられた、いわば小説のようなものだった。

なかには、自分の住むマンションに、二十代の娘と六十歳くらいの母親が、二人だけで、住んでいる。なぜか、英字新聞を、取っていて、時々、アメリカの、話をしている。どう考えても、先日の新聞に載っていた、双子のかたわれとしか思えない。

そんな手紙もあった。

十津川は、すぐ、西本と日下の二人の刑事を、そのマンションに、行かせたが、二人は、すぐに、帰ってきて、

「完全なガセネタでした。手紙には、二十代の娘と、ありましたが、向こうにいって、

きいてみたら、三十五歳でした。もちろん、アメリカにもニューヨークにも、いったことがありません」

と、報告した。

一方、宮沢恵と、彼女の両親が入院している病院には、万一に備えて、四人の若い刑事を、派遣していたが、さすがに、犯人たちが、近寄ってくる気配はなかった。

その一方で、実際に、問題の爆破事件に遭遇したという、何人かの旅行者からの、電話もかかってきた。

また、ニューヨークの警察のほうでも、引き続き、問題の爆破事件についての、捜査を進めてくれていて、一週間に一通くらいの割合で、新しい情報や問題のデパートの店員の証言などが、送られてきた。

そのなかに、十津川の気になる証言が、あった。

三月十日の爆発の直後に、赤ん坊を、毛布にくるんで連れていった日本人の女性を目撃したという証言である。これは、当時のデパートの店員のひとりの証言だった。

その証言によると、赤ん坊を、毛布にくるんで運び去ったのは、三十代から四十代の東洋人ふうの女性である。あれはたぶん、日本人だろうという。

目撃者の店員は、彼女が、てっきり、近くの病院に連れていくものと、思っていたが、その後、病院には、赤ん坊が、収容された記録はないという。

だとすると、あの日本人は、生まれたばかりの赤ん坊を毛布にくるんで、どこかに連れ去ったものと思われる。その日本人と思われる女性は、身長百六十五センチくらい、痩せ形で、メガネをかけていたという。

女性は、毛皮の帽子を、かぶっていて、その帽子には、大きなバッジがついていた。

その店員は、女の似顔絵も描いていて、毛皮の帽子についていた、丸い銀製と思われるバッジの絵を描いてくれていた。

そのバッジは、どんなバッジなのか、どうやら、漢字に見えるのだが、ニューヨークの警察では、わからないと、あった。

日本人の十津川が見ると、丸いなかに入っている文字は「緑」だと、わかった。どうやら、緑という文字に関係のあるグループのバッジらしい。

こちらで調べてみると、問題のバッジは、今から三十年ほど前に設立された、全国緑化クラブという、NPOがあり、その会員たちのつけていた、バッジとわかった。

現在、このバッジは、緑という、漢字が、英語のグリーンから取ったGとなり、今も全国緑化クラブの、バッジとして通用していることがわかった。

十津川と亀井は、神奈川県横浜市に本部のある、全国緑化クラブを、訪ねていった。

十津川は、事務所にいた三人の女性職員に、ニューヨークの警察から送られてきた女性の似顔絵を見せたところ、あっさりと、

「ウチにいた高木由佳理《たかぎゆかり》さんですよ」

すぐに名前が出てきた。

「今から、二十五年前の三月ですが、どうして、高木由佳理さんは、ニューヨークに、いたんでしょうか？」

十津川が、きいた。

「この年に、ニューヨークで、世界緑化運動週間というのが、開催されましてね。ウチからは、高木さんが、代表して、ひとりで、その会合に出席したのです。三月十日というのは、ニューヨークにある、有名なデパートで、緑化に役立つグッズを、販売するというので、それを見学にいって、あの爆破事件に遭遇してしまったんです」

と、職員のひとりが、説明した。

「われわれは、この高木由佳理さんに、ぜひともお会いしたいのですが、どこにいったらいいですかね？」

と、亀井が、きいた。

「実は、ニューヨークでの事件のあと、突然、高木由佳理さんは、一身上の都合で、

やめてしまったんですよ。その後、ほとんど、連絡がなくて、今、彼女がどこにいるのかは、ウチでも、まったくわかりません」

と、職員のひとりが、いった。

「それでは、この事件の時には、何歳だったんですか？」

「三十歳だったと、思います」

「独身でしたか？」

「ええ」

「そうなると、事件当時のニューヨークのデパートの店員の証言で、毛布にくるんだ赤ん坊を連れていたというんですが、高木由佳理さんの、子どもではありませんね？」

「それが、よくわからないのですよ」

「どうしてですか？」

「私は、高木さんが、あの頃、結婚はしないけど、好きな人の子どもを、産むといったのを、きいているんです」

「でも、前の年に流産してしまったとも、私はきいているけど」

急に、三人の職員が、思い思いに、喋《しゃべ》り始めた。十津川は、それを制するように、

「実は、この、三月十日ですが、問題のデパートで爆発があって、十人の人間が死ん

でいるんです。その時に、母親は、死んでしまったが、奇跡的に、双子の子どもが、生まれたことが報告されているんです。そのひとりが、高木由佳理さんが抱いていた子供かどうかを、知りたいんですよ」

「それなら、違いますよ。生まれてすぐに、そんな格好で、歩いたりは、できませんもの」

と、職員のひとりが、いった。

結局、高木由佳理は、好きな人の子供を、妊娠していたが、この前年に流産してしまっていたということがはっきりしてきた。

とすれば、デパートの店員が見た、彼女が、抱いていた赤ん坊は、彼女の産んだ子供ではないのだ。

「何とか、高木由佳理さんと、連絡が取れませんかね？」

と、十津川が、いった。

「高木由佳理さんの実家は、山形市内にあるんですけど、これまでに、何回か連絡を取ってみたんです。いつ連絡しても、娘の由佳理は、こちらには、帰ってきていないと、いわれてしまいました。嘘《うそ》だとは思えませんでした。なぜだかは、わかりませんが、高木由佳理さんは、実家にも連絡を取っていないんです」

と、職員のひとりが、いった。

「二十五年前のことですが、全国緑化クラブの代表としてニューヨークに、いった高木由佳理さんは、何日後に日本に帰ってきたんですか？」

十津川が、きくと、三人の職員は、慌てて古い書類などを、取り出してきて、調べてくれた。

「帰ってきたのは、一週間後の、三月十七日ですね」

「一週間後に、帰ってきたのは、予定どおりだったんですか？」

「いいえ、本当なら、二日後には、帰ってくることになっていたんですが、大変な事件だったので、向こうでいろいろと、警察の事情聴取を、受けなければならないことになって、それで、帰国が遅れたと、彼女は、いっていました」

「高木由佳理さんは、子どものことを、何か話していましたか？」

「いいえ、何も、話していませんでした」

「それから、彼女は、どうしたんですか？」

「由佳理さんは、その頃、この近くのマンションに、暮らしていたんですが、一週間後に帰ってきて、いろいろと話をしたあと、一身上の都合で退職するといって、その次の日から、急にこちらに、顔を出さなくなってしまったんで、その後、心配になって、様子を、見にいってみたら、もう、そのマンションから、引っ越してしまっていたんです。どこにいったのか、行き先も、わかりませんでした」

「その時、マンションの管理人に、話をききましたか?」

「いいえ」

「どうしてですか?」

「そのマンションには、毎日常駐している専属の、管理人がいなくて、一週間に、二日だけ、契約している会社から、派遣されてきているんです。ちょうど、管理人がいない時に、由佳理さんは、引っ越してしまったので、管理人から、事情をきくことができませんでした」

「彼女は、ここでは、専属の職員だったんですか? それとも、臨時の職員だったんですか?」

「専属の職員でしたよ。ですから、二十五年前の国際会議には、彼女に、いってもらったんです」

「その時、三十歳だったとすると、現在五十五歳ですね? 彼女は今、どんな生活を、送っていると、想像されますか?」

十津川が、きいた。

「さあ、あれから、二十五年も経《た》っていますから、どうでしょうかね？　ただ、彼女のことですから、幸せな人生を、送っていると思います」

「由佳理さんの、得意なことは、何だったかわかります？」

「高木さんは、大学は農学部で、園芸科を卒業していましたから、植物のことに関しては、しっかりとした知識が、あったはずです。それに関係した資格も、いろいろと、持っていたようですから」

「由佳理さんは、働き者ですか？」

亀井が、きいた。

「ええ、働くのが、本当に、好きな人でした。自分の専門の、知識を生かして、植物の話をしたりするのが、好きだったので、どんな遠いところにも、喜んで、教えにいっていました。ですから、講師として、高木由佳理さんはよく、出張したりもしていたんですけど、何があったのか、突然やめられてしまって、困ってしまったんです」

「五十五歳の今でも、高木由佳理さんは、同じように、自分の知識を生かして、働いていると思いますか？」

「もちろん、そうでしょうね。元気に働いていると、思います」

三人は、異口同音に答えて、うなずいた。

6

高木由佳理が、未婚で、妊娠したが、流産してしまった。その時に、手当てをした産婦人科の女性医師が見つかった。

その産婦人科の女性医師は、十津川の質問に答えて、

「高木由佳理さんは、本当に、子どもがほしかったんでしょうね。だから、流産したと知った時には、文字どおり、号泣していましたよ」

と、いう。

「その後、高木由佳理さんとは、お会いになっていますか？」

「次の年に、急に、いらっしゃって、これから全国緑化クラブの、代表として、ニューヨークにいくと、おっしゃっていましたね。私も、彼女が元気になっていたので、安心したんです。それで、ニューヨークから、お帰りになったら、向こうの様子をきかせてくださいといったんですけど、お見えにならなくて、NPOのほうに、連絡をしてみたら、ニューヨークから帰ってきてすぐに、やめてしまいましたと、いわれました。きっと、何かがあったんでしょうけど、私には、わかりません」

と、女性医師が、いった。

いっこうに、双子の片方、その二十五年前の赤ん坊を、誰が、どこに、連れていってしまったのかが、わからなかったが、事件全体を、考えると、少しずつだが、事件の全貌が見えてきたと、十津川は、思った。

そこで、それをメモして、三上本部長に渡すと同時に、今回の一連の事件で、関係のあった京都府警や静岡県警にも、送ることにした。


〈今回の一連の事件は、今から二十五年前の三月十日、アメリカ・ニューヨークの、有名なデパートで、何者かによって、仕かけられた時限爆弾が爆発したことに起因しています。

この爆破事件で十人の死者が出ていますが、そのうちのひとりの日本人女性は、爆発によって、亡くなりました。その時、奇跡的に双子の女の子を出産しています。

その双子のひとりは、デパートのオーナー、K・ブラッドリー氏が、自分の家に養女として迎え入れ、名前をN・ヒロミと名づけて、大事に、育ててきました。

彼女は、アメリカのデパート王、K・ブラッドリー氏の養女になったために、もし、現在八十歳の、ブラッドリー氏が亡くなれば、何百億ドルといわれる莫大な遺産の、相続人になるのです。

そのN・ヒロミが、病魔に襲われました。腎臓を病み、今は腎臓移植以外に、助かる見こみがないともいわれています。

そこで、問題となるのが、二十五年前の爆破事件の時に、生まれた双子のもうひとりです。

もし、双子のもう片方が見つかり、彼女から腎臓が移植されれば、副作用や、拒絶反応もなく、うまくいくのではないかと考えた、K・ブラッドリー氏は、ある組織に依頼して、その女の子、もちろん、今は成人して、二十五歳になっていますが、その女性を、探すようにと依頼しました。

おそらく、どんなことをしてもいい、どんなに金がかかってもいい。そういわれて、ある組織、これはおそらく、日本人の組織だと思うのですが、問題の二十五歳の女性を、探し始めたのです。

依頼されたそのグループは、すでに二人の二十五歳の女性を、殺しています。なぜ、そんなことをしたのか？

たぶん、そうすることによって、二十五歳の女性に、スポットライトが浴び、日本中が騒ぎ立てれば、どこにいるのか、わからない、もうひとりの女性が、見つけやすくなるのではないか？　そう思ったに、違いありません。

また、独身としたのは、その女性に、夫がいたり、子どもがいたりすれば、おそらく、腎臓を提供することに、周囲が反対する。したがって、独身のほうがいいという考えがあったのだろうと、私は、考えています。

今も、もうひとりの女性が、どこにいるのかわかりません。

しかし、一刻も早く、名乗り出てほしいのです。

アメリカのデパート王、K・ブラッドリー氏は、どんなことをしてでも、自分の娘を助けるために、双子の片方を探してほしいといっているし、彼から依頼されたグループは、金のために、どんな危険なことをするかも、わかりません。そうした危険から守るためにも、彼女の居所を、一刻も早く、突き止めなければならないからです。

今の私の希望は、ただ、その一点に、尽きます〉

第七章

最後の事件

1

捜査本部には、二枚の写真が貼られている。

一枚は、N・ヒロミ・ブラッドリーの写真である。緊急入院する前だから、少し太り気味の、若い女性の、写真だった。

もう一枚は、高木由佳理の写真だが、こちらも、三十歳頃の写真である。アメリカから帰国し、行方不明になる直前に撮ったと思われる写真だった。

それからすでに、二十五年が経《た》っているから、この写真を手がかりにして、高木由佳理を捜すのは大変だろう。

今、高木由佳理は、中年女性になっているはずだからである。

十津川たちが、いちばんほしいのは、N・ヒロミの双子のもうひとりの現在の写真である。双子だから、当然、顔は似ているだろうと思う一方で、N・ヒロミは、二十五年間のアメリカ暮らしである。日本にいると思われるもうひとりは、食生活も違うだろうし、生活環境も違う。

彼女は、高木由佳理が、二十五年前に日本に連れ帰っている。それから、今までの間、日本で暮らし、日本の食事を取って、生活しているから、顔つきや体つきが、変わっているだろうという意見もある。

疑問は、ほかにもいくつかあった。

今でも高木由佳理は、その娘と一緒に、生活しているのだろうか？　高木由佳理は、高木由佳理という本名を、使っているのか？　どんな仕事をしているのか？

また、娘は、どんな名前を使っているのか？　どんな二十五歳の女性に成長しているのか？

そういう基本的なことがわからないと、双子のひとりを捜すのは、かなり難しいだろう。

「高木由佳理か、二十五歳の娘のほうから、名乗り出てくることは、まず、期待できないでしょうね」

と、亀井が、いう。

「その点は、同感だ。向こうから、名乗り出てくることは、ないと思っている」

十津川も、うなずいた。

したがって、こちらから捜さなければならない。ただ、どこを、どうやって捜せばいいのか、そこが、難しい。

捜す範囲を千代田区と世田谷区の二つの区に、限定するわけにはいかなかった。これは、犯人たちが、宮沢恵のことを調べるために考えた方法だからである。

二人を捜し出す方法は、いくつか、考えられることは、考えられるのだ。

そのひとつは、高木由佳理の職業である。高木由佳理は、大学の農学部の園芸科を、卒業している。だからこそ、全国緑化クラブの職員になっていたのである。

とすれば、現在でも、高木由佳理は、その専門知識を使って、仕事をしているのではないだろうか。

現在は、エコロジーブームで、自然に帰れという人が多い。植物の研究も、盛んにおこなわれている。

高木由佳理も現在、自分の持つ知識が生かされるような仕事に就いているのではないだろうかと、十津川は、考えた。

そこで、三田村と、北条早苗の二人に、高木由佳理の卒業したN大学にいき、調べてくるようにいった。

農学部のなかの、園芸科となれば、毎年の卒業生の数も、それほど多くはないだろう。数は、限られてくるし、就職先も、絞られてくるはずだ。

三田村と北条早苗は、N大学の事務局で、三十五年前からの、卒業生の名簿を見せてもらった。たしかにそのなかに、高木由佳理の名前があった。

ただ、そこには「現住所不明」とあり、電話番号の、記載もなかった。

「この高木由佳理さんの現在の消息は、つかめていないんですか？」

三田村が、きくと、事務局の職員は、

「毎年、卒業生の名簿を、新しくしているんですが、その時に、変更があったら、事務局まで、しらせてくださいといっているのです。しかし、この高木由佳理さんは、今のところ、全国緑化クラブ以来、一度も、連絡がありません。何もいってこないところを見ると、もしかすると、すでに、亡くなっているのかもしれませんね」

と、いう。

「ここに、園芸科の、卒業生名簿と就職した先が書いてありますね」

「ええ」

「これを見ると、園芸科の卒業生は、農水省に入った人と、民間の植物園や、あるいは、植物の研究所に入った人と、大きくいうと、その二つに、わかれるようですね？」

早苗がきいた。

「ええ、そのとおりです」

しかし、範囲は広く、数は膨大だった。農水省にしても、本省に入る場合もあれば、各地方自治体の、農水部に入る者もいる。民間の植物園や研究所も同じだった。膨大な数である。

二人の刑事は、職員に頼んで、それを、全部コピーしてもらった。とにかく、どれほど、膨大な数であろうと、調べなくてはならないのである。

2

二人が持ち帰った、膨大な数の名簿は、とにかく、刑事全員でひとつひとつ根気よく、当たってみるよりほかにない。その途中で、不審な点があればこちらから出向いて、調べる必要がある。

民間の植物園や研究所に問い合わせて、高木由佳理の名前で捜したが、見つからなかった。そこで、二回目は別の名前でも、経歴が似ている女性職員を書き出していく。一週間かけて、女性職員全員の調べを終わると、クエスチョンマークをつけた人物は、全部で、五人になった。

その五人のなかで、十津川がいちばん目ぼしいと思った人物は、長野県M村のラン植物園の副園長になっている女性だった。

長野には、温泉が多いが、M温泉のあるM村のホームページを見ると最近、過疎化が急激に進んでしまったため、何とかして村を活性化させたいと考えた。そうすれば、若者が帰ってくるのではないかと思ったからだ。M村が計画したのは、温泉を利用したランの栽培である。

村営の植物園、といっても、ランの栽培を、主目的にした植物園だが、村は、七年前、ランの専門家を高い給料で、呼んできて、園長にしたが、すでに、七十九歳の高齢になり、最近は、休みがちである。それでは困るというので、副園長の女性、五十五歳が、最近は、園長代理を、務めているというのだ。

十津川が、注目したのは、その、副園長の名前だった。

年齢は、五十五歳で、名前は新田《にった》ユカ、ユカは漢字で書くのではなくて、カタカナだという。

（五十五歳にしては、新田ユカという名前は、少しばかり、ひっかかる）

十津川は、そう思ったのだ。

本来は、漢字で書く別の書き方が、あるのに、わざと、カタカナにしているのではないかと、思った。ユカは本来なら、由香、あるいは、由佳理ではないのか？

十津川の推理が当たっていて、この女が、捜している高木由佳理なら、いきなり、警察だと名乗って、問い合わせたら、相手は逃亡してしまうかもしれない。

そこで、十津川は、三田村と北条早苗の二人に、このM温泉にいき、調べてくるように、いった。

3

「もし、高木由佳理だったら、事情を話し、こちらへ連れて来てほしい」

三田村と北条早苗は、カップルの旅行者という感じになって、新幹線で長野に向かった。新幹線と路線バス、最後は、村の送迎バスに乗り換える。

村の送迎バスが、ひたすら山道を走る。

この先に、はたして、目的の温泉があるのだろうか?

二人の刑事が、そう、思い始めた頃、やっと前方に湯煙が、あがるのが見え、M温泉の看板が目に飛びこんできた。

バスの運転手の話によると、現在、村の人口は千人足らずで、そのほとんどが、高齢者だという。何とかして、村を存続させるために、無理をして、ランの植物園を作ったということだった。

村には、温泉宿が二軒だけだという。

「今、ランの植物園は、どんなふうになっているのですか？　うまくいっているんですか？」

早苗が、運転手に、きいた。

「温泉のお客さんのほうは、なかなか、増えませんが、植物園は、苦心してランを育てたことが、よかったのか、最近になって、お客さんが、だいぶ、増えてきたようですよ。それに、植物園で育てたランは、東京とか、大阪とか、名古屋に、送っていて、売りあげのほうは、トントンといったところじゃないでしょうかね」

運転手が、いった。

「たしか、植物園のなかには、ランの研究所があるときいたんですが、珍しい新種でも、開発したのですか？」

三田村が、きいた。

「私たちも、新しい、きれいなランがあったら、ぜひ買って帰ろうと思っているんですよ。それで、ランの研究をしているという所長さんに、お会いしたいんですけど」

早苗が、きいた。

「栗田《くりた》さんという、植物園の園長さんが、そのラン研究所の、所長もかねているんですが、残念ながら、最近、体の調子がよくないというので、休んでいるんですよ」

「それじゃあ、ランについて、いろいろと教えていただこうと、思っていたんですけど、駄目なのかしら？　ほかに、ランについて詳しい方は、いらっしゃらないのかしら？　もし、いれば、その方でも、いいんですけど」

わざと、早苗が、きいた。

「副所長さんが、いますから、その人に、きいたらいいんじゃありませんかね？　女性で、植物園の副園長も務めているんですが、ランについては、とても詳しい、女性ですよ。もしかしたら、ランについてお知りになりたいのなら、栗田園長さんよりも、あの副園長さんのほうがいいかもしれないですよ」

と、運転手が、笑った。

「その副園長さんだという女性は、何というお名前ですか？」

「新田ユカさんですよ」

「その人は、もともと、この村の、人なんですか？」

「いや、公募したら、応募してきた女性です。ここは、小さい村で、都会の人には寂しくて、仕方がないでしょうに、彼女は、よく我慢していますよ」

「じゃあ、家族の人も一緒に、村に、移住してきたんですか？」

三田村が、きく。

「いや、あの副園長さんは、ひとりで、村に住んで頑張っていますよ」

「じゃあ、家族は？」

「それは、私には、わかりません」

運転手が、いった。

一時間近く走って、やっと、村に着いた。村の入り口には「歓迎　M温泉」の看板と並んで、ラン植物園、ラン研究所、ラン即売の文字も並んでいた。

村に二軒だけあるという旅館の植物園に近いほうに二人は、チェックインした。

二人は、ひと休みしてから、ランの研究所にいってみることにした。

怪しまれないために、まず植物園に入る。温泉熱を利用しているというだけあって、熱帯植物が、多かった。それが、ランの研究とか、販売とかにも繋《つな》がっているのだろうか。

ウィークデイのせいか、ラン研究所のほうには、二人以外には、観光客の姿はなかった。

それだけに、東京から、わざわざやってきた三田村と北条早苗の二人は、大いに、歓迎された。

しかし、待っていた、二人の刑事の前に現れたのは、期待していた、新田ユカではなく、六十歳代と思われる男だった。

渡された名刺には「M村ラン研究所所長代理」の肩書が、ついていて、名前は、島《しま》村俊夫《むらとしお》だった。

「ここの所長の栗田さんが、最近、体の調子がよくないというので、肩書を返上したい。そういわれるので、私が、今のところ、所長代理になっています」

と、島村が、いう。

「副園長の、新田ユカさんにお会いしたいのですが、今日は、いらっしゃらないんですか?」

三田村が、きいた。

「それがですね、新田さんも、時々、休むようになっていましてね。私よりも、若いはずなのに、どうして、そんなに疲れるのか、不思議で、仕方がありません」

「急に、休むように、なったんですか?」

「そうですね。ここ、二、三カ月のことですよ。それまでは、めったに休むことがなくて、大変だろうと、かえって、こちらが、心配していたくらいだったんですがね」

「どうして、新田さんは、急に、休みがちになったんでしょうか?」

早苗が、きいた。

「そうですね」

と、島村所長代理は、しばらく、考えていたが、

「そうだ。新田さんが、休みを取るようになってから、妙な男が、訪ねてきたことがありましたよ」

「妙な男？　新田さんを訪ねてきたんですか？」

「いや、新田さんではなくて、このラン研究所をですよ。たしか、男性が二人に女性が、ひとりだったかな？　突然、研究所を訪ねてきて、このラン研究所を、買い取りたいというのですよ」

「それで、どうなったんですか？」

「研究所も、ちょうど、収支トントンになったところでしたから、売ってしまうのも、惜しいので、しばらく、考えさせてくれといいました」

「その後、その人たちは、どうなりました？　また、ここにやってきましたか？」

「きてはいませんが、一度、電話がありましたね。こちらの責任者の名前を、教えてほしいというので、私と、新田さんの名前と、連絡先を教えました」

「その時、新田さんの電話番号も、教えたんですか？」

「ええ、教えましたが、それからは電話も、かかってこないし、ラン研究所を、買いたいという話もありません」

「新田ユカさんは、ひとりで、この村に住んでいるんですか？　それとも、ご家族が、一緒ですか？」

「いや、初めから、ずっとひとりで、住んでいらっしゃいますよ」

「できれば、新田ユカさんの、住んでいるところに、案内してもらえませんか？　実は、新田さんに、お願いしたいことが、たくさんあるんですよ」

と、三田村が、いった。

島村はすぐ、車を、出してくれた。

車を、十二、三分走らせたところに、一軒の家があった。この村のなかでは、珍しく、比較的、新しい家である。

「ここに、新田さんが、ひとりで住んでいるんですか？」

「ええ」

車が停まると、島村よりも先に、三田村と早苗の二人が、その家に向かって駆け出した。

戸が閉まっている。それを無理やり開けてなかに入ってみたが、人の気配はなかった。

島村は、あとから、入ってきて、家のなかを見回し、

「留守のようですね」

と、いった。

ここに、新田ユカという五十五歳の女性が住んでいるのか？

この時、二人の目は、刑事の目に、なっていた。

「誰かが、入ったみたいだな。明らかに、部屋が荒らされている」

三田村が、小声で、北条早苗に、いった。

「でも、争ったような形跡は、ないわ」

「新田ユカさんは、どういう事情があって、この村にきて、ラン研究所に、入ったんですか？」

三田村が、きいた。

「たしか今から七、八年前でしたかね。とにかく、このままでは、どんどん、人口が減って、村が、なくなってしまう。そこで、村の活性化を図るために、温泉を利用して、ランを育てて売ろうということになって、ランのことに詳しい人を募集したんですよ。その時に、園長で所長の栗田さんが、きてくれたんですが、何といっても高齢

で、その二つをかけ持ちでは大変ということで、もうひとり募集しました。家も用意するし、生活できるだけの給料も払う。そういう広告を出したんですよ。そうしたら、新田さんが、応募してきたんです。五年前です。それからここに住んで、われわれと一緒に、ランの研究や栽培を、やってくれています」

「もう一度、確認しますが、新田さんには、家族はいないんですね？」

「それは、わかりません。そういうプライベイトのことはきかないでくださいと、新田さんにいわれたので、きいていないようです。ほかのところに、ご家族がいるかもしれませんが、少なくとも、この村では、最初からずっと、ひとりで住んでいらっしゃいます」

「それでは、新田さんは、五年間、ずっとひとりでここに住んでいるんですね？」

「ええ、ただ、休みの日には、どこかにいっていますね。だから、どこか別のところに、ご家族が、いらっしゃるのかもしれません」

島村が、いった。

三田村と北条早苗は、もう一度、部屋のなかを、調べてみた。

かなり古いが、洗濯機やテレビなども揃《そろ》っていて、現在と過去が、ごちゃ混ぜになっているような、部屋である。たぶん、この村の人たちが、新田ユカに、できるだけ長く、この村にいてほしくて、持ち寄ったものだろう。

島村の話では、新田ユカは、自分の携帯電話を持っていて、そのほか、村からは、乗用車を与えられているという。この村では、車を持っていなければ、生活することができないからである。

携帯電話の番号は、島村が、教えてくれたので、早苗が、その番号にかけてみたが、通じなかった。

部屋のなかを見ると、複数の人間がこの家に入ってきて、家探しをしたことは、間違いない。そのことは、はっきりしている。一応、その痕跡《こんせき》を、消すようにしてあるが、乱雑な整理の仕方である。

「新田ユカさんですが、応募してきた時に、当然、履歴書を、提出したんじゃありませんか？」

三田村が、きいた。

「ええ、もちろん、出して、いただきました」

「その履歴書では、住所は、どこになっていましたか？」

「それがですね、自分は、ずっと、東京に住んでいたのだが、その家が台風で壊されてしまったので、帰るところがない。だから、この村に、骨をうずめる覚悟でやってきた。新田さんは、そういわれましてね。それで、住所は、この村になりました」

「新田さんが提出した履歴書は、今でも、保管してありますか？」

「もちろん、村役場に保管してあります」

そこで、いったん、村役場に、引き返し、五年前に、新田ユカという女性が、提出した履歴書を、見せてもらうことにした。

担当の職員が渡してくれたその履歴書は、奇妙なものだった。

現住所が、この村になっている。島村がいっていたように、履歴書を書いた時点でどこに住んでいるのか、それを知られるのがいやだったのだろう。どこで、生まれ、どこに住んでいたのかも、書いてなかった。

ただ、職歴として、いくつかの植物園や研究所に、勤めた経験があることが書いてあった。家族の欄には、今から二十年前に、夫、新田圭太郎《けいたろう》病死という記述があった。

「履歴書としては、不完全なものに見えますが、これでよかったんですか？」

三田村が、きくと、島村は、笑って、

「ウチの村は、ヘタをすれば、もうなくなっていたんですよ。それで、ぜひランのことに詳しい人に、きてもらいたかった。ですから、新田ユカさんのことも、根掘り葉掘り調べずにきてもらうことにしたんです。それに、真面目《まじめ》で、仕事熱心な人でしたから、調べる必要は、何もありませんでした」

三田村と北条早苗は、この村にきてから、わかったことを、十津川に報告したあと、新田ユカが、住んでいた家に、泊まることにした。万一、彼女が戻ってきた時のことを考えてだ。

4

夕食は、旅館のほうで、作ってくれたものを、新田ユカが住んでいた家で、食べたあとで、しばらくの間、眠れずに、家のなかを調べて時間をつぶした。

今、新田ユカが、どこにいるのか、娘と一緒なのか、それがわかるようなものを、見つけたいと思ったのだが、手がかりになるようなものは、何も、見つからなかった。

十二時近くになってから、三田村と北条早苗の二人は、うとうとしていると、ふいに、部屋の外で、音がした。

三田村と北条早苗の二人が、同時に、目を覚ました。用心してすぐには、明かりはつけない。

雨戸が、少しずつ開いていく。

雨戸が開くと、蒼白《あおじろ》い月の光が、差しこんできた。

黒い影が、足音を、忍ばせるように、庭から家のなかに入ってきた。

三田村が無言で、その影に飛びかかった。

早苗が、明かりをつける。

三田村が押さえていたのは、女性だった。

三田村は、手を放し、

「新田ユカさんじゃ、ありませんか？」

と、きいた。

相手は、はいともいいえともいわず、二人の顔を睨《にら》むようにして、

「お二人は、どなたですか？　ここは、私の、家なんですけど」

「警察の者です」

三田村が、いい、早苗が、

「あなたが、二十五年前に、ニューヨークで、爆破事件があった時、双子の赤ん坊のひとりを連れて、日本に帰ってきた高木由佳理さんなら、あなたも、二十五年前に、ニューヨークで生まれた赤ちゃんにも、危険がせまっています。われわれ警察が助けたいのですよ。ですから、正直に話してください」

「別に、話すことなんて、何もありませんけど」

つっけんどんに、新田ユカが、いう。

その時、早苗は、何かが、近づいてくる気配を感じた。

「危険が迫っているわ」

小声で、三田村に、いった。

三田村が、うなずく。

新田ユカという女性を、捜していたのは、警察だけではないのだ。犯人グループは、村のラン研究所を、買い取りたいといったり、この家を、家探ししているのである。

彼らは、新田ユカが戻ってくるのを、どこかで見張っていたのかもしれない。

二人の刑事は、万一に備えて、十津川から拳銃を、持っていくようにいわれていた。

二人は、同時に拳銃を取り出して、セーフティを外した。

外れた雨戸の隙間から、男がひとり、そっと入ってくるのが、見える。

三田村は、天井に向かって、拳銃を一発、発射した。もちろん、脅しで、撃ったのだが、縁側にあがってきた男が、庭に転げ落ちた。

早苗は、新田ユカの体をかばうように、中腰になって、自分の拳銃を構えた。

今度は、三人の人影が、雨戸を、蹴破るようにして、縁側からあがってきた。各々《おのおの》の手に、ナイフらしいものを、持っている。

早苗は、構わずに、そのナイフを持った人影に向かって、拳銃を発射した。もちろん、その男が、持っているナイフに向かって、撃ったのである。

悲鳴があがった。

「警察だ！」

三田村が、怒鳴った。

「逮捕するぞ！」

途端に、足音も激しく、人影が、三田村や北条早苗の視界から、消えていった。

5

三田村は、立ちあがって、縁側に出ていった。侵入してきた三人は、いったい、どこに消えたのか？

早苗が、十津川に携帯電話をかけ、今の状況を説明すると、

「明日、そちらにいく。それまで、頑張ってくれ」

十津川が、いった。再び、犯人たちが襲うのではないかと、心配しているのだ。

早苗は、新田ユカに目を移した。

顔色が、蒼ざめてみえたが、震えてはいなかった。

「本当のことを、もう、話してくださってもいいんじゃありませんか？　高木由佳理さんでしょう？」

早苗が、きくと、今度は、相手が、黙って、うなずいた。

「二十五年前、あなたが、どうやって、双子の赤ちゃんのひとりを、日本に連れてきたのかはわかりません。でも、今も、一緒にいらっしゃるんでしょう？」

「ええ、でも、誰にも渡しません。私の子どもだから」

由佳理が、強い口調で、いった。

「別に、私たちは、その娘さんを、あなたから、取りあげようとは、思っていません。ただ、事実を知りたいんです」

「まさか、娘が、今の犯人たちに拉致されるようなことは、ないんでしょうね？」

「それは、まだないと、思います。あなたの娘さんの居どころを、知っているのなら、こちらに押しかけては、きませんよ。まっすぐ、あなたの娘さんのところに、いっているはずです」

早苗が、いった。

明かりをつけ、少し、落ち着いてから、話をきくことにした。

今から二十五年前、ニューヨークで高木由佳理は、緑化運動の日本側の、代表として、世界大会に、出席した。その時、ニューヨークのデパートで、開催された協賛の催しに出席している時に、爆破事件が起きた。

「気がついたら、私は、生まれたばかりの赤ちゃんを抱いていたのです。慌てて、毛布でくるみました。でも、誰も、その赤ちゃんを探しにくる気配が、なかった。だから、私は、この子どもは、天からの、授かりものだと思って、日本に、連れて帰ることにしたんです。自分が産んだ子どもとして」

と、新田由佳理が、説明した。

「日本に帰ってからは、どう、されたんですか?」

「本当は、結婚などしたくはなかったんですけど、娘のためを思って、結婚することにしました。新田圭太郎という人と結婚をして、私は、新田という姓をもらい、娘は、新田家の養女に、なったんです。そうなれば、誰も、二十五年前のことなど、気にしないだろうと思ったんですけど」

「漢字の由佳理という名前を、カタカナのユカにしたのも、二十五年前の、事件のことがあるからですか?」

「ええ、メディアの人のなかには、あの事故のことを覚えていて、いろいろと、ほじくり返そうとしている人も、いましたから」

「それから、この村のラン研究所に、入ったんですね？」

「ええ、落ち着いた生活を送りたいと思ったし、生活費も必要ですから」

「それで、娘さんとは、別居になった？」

「ええ、この静かな村に、娘を連れてきたら、また、噂《うわさ》になってしまいますもの。だから、娘とは、一時的に、別居することにしました。でも、休みの日には、必ず、娘のところに、帰るようにしています」

「例の、二十五歳の女性が、続けて殺された事件のことは、もちろんご存じですね？」

「ええ、もちろん、知っています。でも、最初は、私の娘が、狙われているとは、夢にも、思いませんでした。それがここにきて、急に、怖くなって、何とかして、娘と二人で、逃げようと思ったのですが、どうしたらいいのかわからなくて」

「逃げようと、思った？」

「ええ、何だか、危険が、迫っているような、気がしたんです」

「今夜、戻ってきたのは、どうしてですか？」

「娘が、三歳になった時の、七五三の写真を忘れてしまっていたので、それを、取りにきたんです」

「そんな写真、見つかりませんでしたよ」

三田村が、いった。

「大事な写真なんですけど、どうしたんでしょう?」

「この家を、家探しした連中が、持っていったんだと思います」

早苗は、腕時計に目をやった。まだ午前二時五十分。夜明けまでには、かなり、時間がある。その間に、連中が、また襲ってくるかもしれなかった。

「どこか、人が隠れられるようなところは、ありませんか?」

三田村が、きいた。

「床下に、野菜なんかを、保管しておく貯蔵室がありますけど」

「じゃあ、その貯蔵室に、夜が明けるまで、隠れていてください。万が一ということが、ありますから」

三田村が、いった。

ユカが、床下の、野菜貯蔵室に隠れたあと、三田村と早苗は、雨戸を、全部取り外して、それを、庭に敷いていった。その上を歩けば、足音がする。

早苗は、もう一度、十津川に、電話をかけ、状況を説明した。

「わかった」

と、十津川が、いった。

「明日の朝と、思ったが、それでは間に合わないかもしれないから、今から、そちらに向かう」

6

この家は、裏が、崖になっているから、犯人たちが、襲ってくるとすれば、やはり、庭のほうからだろう。雨戸を、全部外してしまったので、見晴らしがいい。

その代わり、身を隠すものもなくなってしまった。

そこで、二人は、タンスを、引きずってきて、それを、庭に向かって、横に倒した。何とか、身を隠す盾には、なるだろう。

周りは、静けさを、取り戻して、虫の音しかきこえてこない。このまま、連中が、あきらめてくれたらいいのだがと、思ったが、同時に、早苗は、

（そんなはずはない）

とも思った。

何しろ、アメリカの、デパートの富豪オーナーが、いくらでも、金を出すといっているらしいのだ。その金を、目当てにした犯人たちが、何もせずに、退散するはずはない。

早苗が、そう思った時、いきなり、銃声が走った。

弾丸が、背後の壁に当たって、破片が飛び散った。

「猟銃らしい。気をつけろ！」

三田村が、怒鳴った。

たぶん、犯人たちのなかに、猟銃を持っている者が、いるのだろう。続けて二発、弾丸が、飛んできた。

次に、発煙筒が投げこまれた。一発、二発、たちまち、部屋中が、白煙に包まれた。

「隣の部屋に移動！」

早苗が、大きな声で、いった。

二人は、白煙のなかを、身を、かがめるようにして、隣の部屋に向かって、少しずつ、移動していった。

白煙の立ちこめるなかを、猟銃で撃ちこんでくる。その白煙を利用するようにして、数人の人間が、縁側に、あがってきた。それが、黒いシルエットに見える。

そのなかに、猟銃を持った男がいる。

その男に向かって、三田村と早苗の二人は、いっせいに引き金を引いた。二人とも、男の足を狙ったつもりだったが、どこに命中したかはわからない。

とにかく、派手な悲鳴をあげて、猟銃を持った男が、その場に、崩れ落ちた。

7

連中は、こちらが、拳銃を撃ってくるとは、思わなかったのだろう。あわてて、負傷した男を連れて逃げていった。

「今度は、連中は、この家に火をつけるわ」

と、早苗が、いった。

「同感だ」

三田村が、うなずく。

二人は、這《は》うようにして、庭に滑りおり、そのまま、高い床下に身を隠した。

夜明けが近くなったところで、早苗が、予想したとおりに、犯人たちの攻撃が再開された。

どうやって、作ったのかはわからないが、火炎瓶が一本、投げこまれた。瓶が割れ、猛烈な勢いで、炎を、噴きあげる。

二人には、それを消す余裕もないし、方法もない。その代わり、二本目の火炎瓶を投げこもうとした男に、向かって、二人は、拳銃を撃った。

火炎瓶が宙に飛び、炎をあげて、男の衣服が、燃えあがる。悲鳴をあげて、転げ回る。

次には、前と同じように、発煙筒が投げこまれて、やみくもに、猟銃が撃ちこまれてくる。

早苗も三田村も、床下から、出ることができなかった。近づいてくる足音はきこえるのだが、白煙のために、その姿が見えない。そうなると、やみくもに、拳銃を撃つわけにもいかなかった。

「あの連中は、何としてでも、高木由佳理を連れていく気なのだ。このままでは、多勢に無勢で、連れていかれてしまうぞ」

と、三田村が、いう。

(何とかしなくては)

と、早苗が思っているうちに、幸い、少しずつ夜が、明けてきた。白煙も、薄らいでいく。

その時、突然、ヘリコプターの音がきこえてきた。

二機のヘリコプターが、家の上でホバリングをし、拡声器から、きき覚えのある十津川の声が、きこえた。

「ただちに、無駄な抵抗はやめろ！」

今度は、ヘリコプターに向かって、猟銃を撃とうとしている男がいた。

その男に向かって、早苗が、床下から拳銃を撃った。今度は、見事に足に命中した。

ヘリコプターは、強引に、休耕田に着陸すると、十津川たちが、家に向かって、走ってくるのが見えた。

このあとは、スムーズに、事が運んでいった。

問題の、双子のひとりは、新田由佳理によれば、名前は、新田春美《はるみ》である。ニューヨークで三月に起きた、爆破事件の時に生まれた女の子なので、春という字を使ったのだと、由佳理が、いった。

彼女は今、大学院生で、三浦半島の突端にある、K大学の植物研究所にいることが、わかった。

十津川は、すぐ、県警に頼んで彼女の身柄を保護してもらうようにした。

その日のうちに、新田由佳理と、その娘になっている新田春美の二人を、東京の捜査本部に移した。

二十五歳の二人の女性を殺し、宮沢恵と、その両親を襲った犯人たちを逮捕すれば、それで、今回の事件は、解決する。少なくとも、十津川は、そう思っていた。

ところが、翌日になって、思わぬところから、新しい事件が発生した。

8

上野発一六時二〇分、終着駅の札幌着は、翌日の午前九時三二分、その間を、十七時間十二分で走る寝台特急「カシオペア」が、突然、トレインジャックされたのである。

この事件の第一報をきいた時、十津川は最初、今、自分が、関係している事件とは、何の関係もないと思った。

しかし「カシオペア」が、上野駅を出発して三十分後、十津川の率いている捜査本部に男の声で電話が、かかったのだ。

「われわれは、寝台特急『カシオペア』をトレインジャックした。今からわれわれの要求を伝える。『カシオペア』が、明日の午前九時三二分に、札幌に着くまでの間に、警視庁が身柄を保護している新田春美を自由にせよ。ニューヨークで、ある女性が、新田春美の到着を、待ち受けている。腎臓《じんぞう》の移植手術を受けるためだ。腎臓は二つあるから、新田春美の腎臓が、ひとつなくなっても、死ぬことはない。今から、十六時間あれば、この腎臓移植手術は、間に合うはずだ。もし、ニューヨークで、われわれの求める手術が、成功したら、すぐさま『カシオペア』を解放する。警察にとっても、割の合わない取り引きでは、ないはずだ。ひとりの人間を助けるか『カシオペア』の乗客、乗員など、何百人もの命を助けるか、計算するまでもないだろう。直《ただ》ちに、こちらの要求を実行しろ。さもないと、一時間後に『カシオペア』を爆破する」

犯人が、携帯で、かけてきていることはわかったが、その場所を、特定することは、簡単にはできなかった。たぶん、移動しながら、携帯をかけているに違いない。

十津川には、電話の男が、ただの悪戯《いたずら》電話をしてきたとは思えなかった。何しろ、相手は、二人の女性を殺し、三人の男女を負傷させている。

その犯人は、ＪＲ東日本の本社にも、同じような脅迫の電話を、かけていた。

ＪＲ東日本の本社から、この脅迫電話に関する問い合わせが、十津川のところにくる。

「この脅迫電話ですが、信用できますか？」

と、JR東日本の副社長が、きく。

「信用できると、思いますね」

と、十津川が、いった。

新田春美は、事態を知って、すぐ、ニューヨークにいくという。

「もう少し待ってください」

十津川は、ニューヨーク市警からの、回答を待った。その回答がきた。

「たしかに、ニューヨーク市内の病院で、今、腎臓移植の手術を待っている患者がひとりいますね。年齢二十五歳のN・ヒロミ・ブラッドリーです」

「父親を逮捕できませんか？」

「この患者や、患者の父親のブラッドリー氏を逮捕することは、できませんよ。腎臓移植を、待っているだけでは、犯罪には、なりませんからね」

さらに三十分後、捜査本部に、電話が入った。

「新田春美は、もう、ニューヨークに向かったか？」

男の声が、きく。

「出発したくても、ニューヨーク行の適当な航空便が、ないんだ。今、それを、探している」

「そう思ったから、デパート王の、ブラッドリー氏が、特別に、自家用ジェット機を、日本に向けて飛ばしている。すでに羽田に着いている。新田春美は、すぐに、その自家用ジェット機に乗るために、羽田にいけ。その自家用ジェット機は、一時間後に、羽田を、離陸することになっている。新田春美が、その自家用ジェット機に、乗れば、ニューヨークの病院での、腎臓移植手術に、間に合うはずだ。もし、こちらの要求を拒否すれば、現在走行中の『カシオペア』の乗客、乗員は、列車の爆破によって、全員、死ぬことになる。それをよく考えろ」

「今いきます」

と、新田春美が、いった。

十津川は、犯人に向かって、

「ニューヨークには、彼女ひとりしかいくことは、できないのか？」

と、きいた。

「当然だが、特別に、母親の新田ユカ、いや、新田由佳理ひとりだけなら、同乗を、許可しよう」

と、いって、犯人は、電話を切った。

十津川は、羽田空港に向かうパトカーに、北条早苗刑事を、同乗させることにした。もちろん、ニューヨークにいく自家用ジェット機に、女性刑事を、乗せてくれるとは、思わなかった。ただ、その自家用ジェット機について、近くから、詳しく見てくることは可能だろう。

これからどうなるのかについて、捜査本部のなかでも、さまざまな、意見が飛び交った。

新田春美がニューヨークに着き、無事、腎臓移植手術が、終われば、あの親子は、何事もなく、帰されるだろうという意見もあれば、腎臓の移植が終わっても、新田春美は、そのまま、ニューヨークで監禁されてしまうだろうという者もいた。なぜなら、ひょっとして、患者のN・ヒロミには、腎臓以外の、ほかの臓器にも疾患があるかもしれないからだ。

あるいは、すべてを、闇に葬ろうとして、病院の外で、新田親子は、殺されてしまうのではないかという、意見もあった。

さまざまな不安があるが、今は、十津川にも、何の手も打つことができない。

電話が鳴った。ニューヨークの警察からだった。

「患者が死にました」

短く、相手が、いった。

「死んだ?」

「そうです。腎臓移植手術を待っていた患者が、今、亡くなりました」

「間違いありませんか?」

「間違いありません」

十津川は、すぐ携帯電話を、パトカーに乗っている北条早苗に、かけた。

「今、どうしている?」

「新田親子が、問題のニューヨーク行の自家用ジェット機に、乗りこもうとしています」

「すぐに止めろ!　ニューヨークで腎臓移植手術を待っていた患者が、死んだんだ。だから、いっても、意味がない。いや、いけば、危険な目に遭うだけだ」

「わかりました。すぐに、止めます」

早苗が、大声で、いった。

9

北条早苗は、駐機場を駆けた。

早苗は走りながら、自家用ジェット機に乗りこもうとしている新田親子に、声をかけたが、二人の足が、止まる気配はない。おそらく、離陸する別のジェット機のエンジンの音で、早苗の声が、きこえないのだろう。

一瞬の迷いが、あってから、早苗は、拳銃を取り出して、宙に、向かって撃った。

やっと、新田親子の足が止まった。

しかし、ドアの外にいる乗員のひとりが、新田春美の手を掴《つか》んで、無理やり、機内に入れようとする。

やむを得ず、今度は、早苗が、自家用ジェット機に向けて拳銃を、発射した。

弾は、搭乗口近くに、命中した。

新田春美の腕を、掴んで、機内に押しこめようとしていた男が、その手を放した。

早苗は、また、駆け出した。駆けながら、三発目を、宙に向かって撃った。

搭乗口のところにいた男が、自分が狙われたかのように思い、慌てて、機内に引っこんだ。

タラップの途中で、新田親子が、呆然《ぼうぜん》とした表情で、立ちすくんでいる。

早苗は、近づいていって、二人に声をかけた。

「もう、ニューヨークにいかなくてもいいんですよ。ニューヨークの患者が、亡くなったんです」

10

新田親子は、北条早苗刑事が、警護して、捜査本部に、帰ってくることになった。

しかし、ほかにもっと大きな問題があった。

第一に解決しなければならないのは、トレインジャックされた寝台特急「カシオペア」である。

現在「カシオペア」は、北に向かって走行中であり、上野を出発してから、どこにも、停まっていなかった。

最高の解決は、ニューヨークの病院で患者が死亡したというしらせが「カシオペア」を、トレインジャックした犯人たちに届いて、犯行を中止することだった。

しかし、トレインジャックをした犯人たちが、何も知らなければ「カシオペア」は、爆破されてしまう。

現在走行中の「カシオペア」には、無線を使って知らせることができる。

トレインジャックをした犯人たちの目的は消えたと、「カシオペア」の運転士や車掌に知らせたとしても、列車のどこに爆弾が仕かけられているのかが、わからないから、安心して、どこの駅でも、停めていいことにはならない。列車を停めなければ、爆発物処理班を乗せることができない。

こうなると、期待できるのは「カシオペア」をトレインジャックした犯人たちが、トレインジャックをやめてくれることである。

しかし、どうやって、犯人たちに、しらせたらいいのか？　第一、ニューヨークの病院で患者が死んだことを、誰かが、トレインジャックした犯人たちに、しらせているだろうか？

もし、それがなければ、十津川たちが、犯人にしらせなければならない。

方法は、ひとつしか考えつかなかった。

だから、十津川は、それを、実行した。

主な放送局に電話をして、協力を仰いだのである。

臨時ニュースを、流してもらって、次のように放送してもらった。

「ニューヨークの病院で、腎臓の移植手術を待っている患者がいました。その患者は二十五歳の女性N・ヒロミ・ブラッドリーで、アメリカのデパート王といわれるK・ブラッドリーさんの娘です。その娘が、亡くなったと、ニューヨークの病院が、発表しました。患者が死んでしまった以上、腎臓の移植手術は、もちろん、中止です」

これを、臨時ニュースとして、立て続けに放送してほしいと、十津川は、各放送局に頼み、同じことを、ラジオ局にも、依頼した。

犯人たちが、ラジオしか、きいていないことも考えたからである。

11

羽田空港から、新田親子と北条早苗刑事が、捜査本部に、戻ってきた。

その五分後に、犯人が、捜査本部に電話をかけてきた。

「今、テレビの臨時ニュースを見た。残念だが、仕方がない。そこで、こちらからの、提案だが、一時、お互いに、休戦しようじゃないか？」

「休戦？　いったい、何のことだ？」

「これから、俺たちは『カシオペア』を停めて、無事に、乗客と乗員を降ろさなければならない。簡単じゃないんだよ。どうしても、二時間はかかる。だから、その間、あんたたち警察も、俺たちのことを、探さない。それが、休戦だよ。二時間して『カシオペア』の安全が確認されたら、戦闘再開だ」

と、男の声が、いった。

「とにかく、すぐ『カシオペア』の乗客たちを、解放しろ」

「二時間必要なんだ。二時間だ。その約束を破って、俺たちを探そうとしたら、爆破装置のスイッチを押す」

「わかった。わかったから早くやれ」

十津川が、思わず、大声になった。

「休戦ですか？」

早苗が、きいた。

「ああ、そうだ。凶悪犯らしくないことをいってきた。何のために、そんな休戦が、必要なのかがわからない。しかし、乗客、乗員の命が大事だから、休戦を認めざるを得ないよ」

「実は、新田親子が、乗ることになっていた自家用ジェット機ですが」

早苗が、間を置いて、いう。

「あの自家用ジェット機が、どうかしたのか？」

「もう用がなくなったので、すぐ離陸して、アメリカに向かうと思ったんですが、私たちが、羽田空港を離れるときには、まだ、あの自家用ジェット機は駐《と》まったままでした。何か用があるので、待機しているのではないかと、思ったんですが、新田親子をニューヨークに連れていく以外に、仕事なんて、考えられないんです」

「なるほど。それで——」

と、いいかけて、突然、十津川は、大きな声になった。

「患者が死んで、腎臓の移植手術が中止になったから、日本国内で、殺人と傷害を引き起こした犯人たちを、その自家用ジェット機に乗せて、どこかに、逃がすつもりなんだ。だから、犯人たちは、二時間の休戦が、必要だといってきたんだ」

十津川はすぐ、亀井刑事たち部下を、羽田空港に急行させた。

寝台特急「カシオペア」は、犯人から、運転士に連絡が入り、近くの駅で停車し、乗客、乗員の全員をホームに、降ろした。

しかし、爆発は、起きなかった。

それも、一時間どころか、たったの十分で乗客と乗員の全員は、脱出してしまったのである。

やはり、十津川が思ったとおり、二時間の休戦は、自分たちが、逃げるための時間稼ぎだったのだ。

三十分して、亀井から、羽田空港に、到着したという連絡が入った。

「ただ今、犯人たちを、逮捕しました」

十津川は、その電話を切ると、やっとホッとした。

これで何とか、今回の事件は、終結したのである。

（おわり）

本作品はフィクションであり、実在の個人・団体・事件とは一切関係ありません。（編集部）

解説

山前　譲

なにかと騒がしい日常からちょっと離れて、涼しい風に身を任せたならば、心身ともにリフレッシュされるに違いない。自転車やバイク、オープンカーで風を切って走る爽快感、あるいは洋上のクルーザーで海風に身を任せる開放感は格別だ。そして鉄路ならば……それはなんといってもトロッコ列車だろう。

窓ガラスのない風通しのいい客車で、その土地の自然を堪能しつつ、そして時には地元の幸を味わったりしつつ、風が導く癒やしの時間を堪能できる。鉄道の旅のなかでもトップクラスに位置するのではないだろうか。

それだけに日本各地ではこれまでさまざまなトロッコ列車が走ってきたが、なかでも人気なのは京都の嵯峨野《さがの》観光鉄道である。嵯峨野から景勝地の保津峡に沿って旧山陰本線を走る七・三キロ、約二十五分の路線だ。

二〇一二年五月に双葉社より刊行された西村京太郎氏の『殺しはトロッコ列車で』で、そのトロッコ列車に初めて乗ったのが二十五歳の新人女優、衣川愛理である。京都の映画会社のスタジオでテレビドラマの撮影をしていたが、一日休みをもらえたので嵐山を訪れた。そして、スタッフに勧められていたので、トロッコ嵯峨駅から乗車したのである。

窓側の席に座り、保津峡の川下りの船に向かって手を振ったりと、トロッコ列車を楽しんでいたその愛理に、三十五、六歳の男が「サインをしてくれませんか？」といって手帳を差し出してきた。サインをしようとした愛理はビックリする。銃で狙われている、と書かれていたからだ。

さらに不可解なことが続くが、結局、トロッコ列車ではそんなに危険なことは起こらなかった。それでも愛理は警察に相談する。刑事がトロッコ列車の会社を調べてくれた。だが、何も分からない。愛理は不安を抱えたまま東京に戻るのだった。

その東京で殺人事件が起こる。江戸川の土手の上をランニングしていた野中和江が銃殺されたのだ。事件を担当したのは十津川警部たちである。和江は二十五歳、オリンピックを目指すスポーツウーマンだったが、殺されるような理由は見あたらない。捜査がいき詰まったとき、十津川は京都のトロッコ列車での事件（？）に注目する。なにか関係があるのではないか。亀井刑事とともに京都へと向かう。

さらに西伊豆でも殺人事件が発生して、〈二十五歳の女性〉が事件のキーワードとして浮かび上がってくる。ただ、それ以上の共通項はない。はたして関連した事件なのだろうか。もしそうであれば、動機は？　いわゆるミッシングリンク、見えない共通点を求めて十津川警部の捜査が続く。

ミッシングリンクはミステリーの謎としてはポピュラーなものだけに、数多い西村作品のそこかしこでテーマとなってきた。

連続暴行殺人の『南伊豆高原殺人事件』、女性がボウ・ガンで狙われていく『夜ごと死の匂いが』、群馬県の温泉地で三人の若い女性が行方不明となっている『十津川警部　殺しのトライアングル』、謎めいた歴史にまつわる地で女性の惨殺死体が発見される『十津川警部　愛と死の伝説』などは、可哀想《かわいそう》な被害者という意味では、本作と共通点があるだろうか。

十津川が直子と新婚旅行に出かけた『夜間飛行殺人事件』では、同じ航空便に乗り合わせた乗客に死が訪れていた。『京都感情旅行殺人事件』は京都観光を楽しむ若いカップルが次々と謎の死をとげている。『寝台急行「銀河」殺人事件』は当時東海道本線を走っていた寝台列車の乗客たちが被害者だ。「出稼ぎ列車」と呼ばれていた列車の乗客に魔手が迫っていたのは『座席急行「津軽」殺人事件』である。

西村氏はそんなお馴染《なじ》みの趣向に色々とヴァリエーションを重ねている。『東京地下鉄殺人事件』は東京の地下鉄の車内やプラットホームで事件が連続していた。陰惨な殺害現場にいつも津軽三味線の調べが聞こえていたのは『愛と殺意の津軽三味線』だ。

なかには、動機不明の不可解な事件の捜査が、犯人からのメッセージで一変するものもある。『上野駅殺人事件』や『紀勢本線殺人事件』といった長編だ。

そして本作でも、十津川警部たちが精力的な捜査を重ね、ミッシングリンクを明らかにしていく。それは思いもよらない展開で、まさに現代ならではのものだと言えるだろう。犯人と十津川との駆け引きで、後半の展開はじつにサスペンスフルだ。

「トロッコ」は英語の「トラック」（ｔｒｕｃｋ）が語源だという。つまりレールの上を走るトラックなのだ。かつては工事現場や鉱山、営林事業などで活躍していた。芥川龍之介「トロッコ」を思い浮かべる人も多いだろう。

もちろん人が乗車するトロッコもあったが、観光目的として注目されるようになったのは、一九五三年に旅客扱いが開始された富山県の黒部峡谷鉄道である。もともと水力発電所の建設のために敷設された路線で、宇奈月《うなづき》駅から欅平《けやきだいら》駅まで約二十キロ、山々の自然を堪能できるその路線は、北陸新幹線の開通もあって、ますます人気のようだ。

『十津川警部「目撃」』ではこのトロッコ列車内で殺人事件が起こっていた。「黒部トロッコ列車の死」では亀井刑事の長男の健一が乗車しているが、そのおかげで彼は大変な目にあっている。

　自然災害の影響で十分な運行がなかなかできていないようだが、南阿蘇鉄道のトロッコ列車「ゆうすげ号」も人気の列車だ。第三セクター鉄道では全国初のトロッコ列車とのことである。川面から六十八メートルもの高さがある鉄橋でわざわざ停まるという、じつにスリリングな体験ができるそうだ。『阿蘇・長崎「ねずみ」を探せ』で十津川と亀井が乗車している。

　本作の舞台となっている嵯峨野観光鉄道は一九九一年の開業だ。一九八九年、山陰本線の複線化で新線が設けられ、廃線となった区間である。放置され、荒れ果てていた鉄路が、熱意のある人たちによって、観光資源として復活したのだった。以来、日本屈指の観光都市である京都を代表する鉄路となっている。

　その嵯峨野観光鉄道のトロッコ列車内での不可解な出来事が発端となってのこの長編で、ミステリーの謎解きの旅を楽しめる違いない。

（やままえ・ゆずる／推理小説研究家）

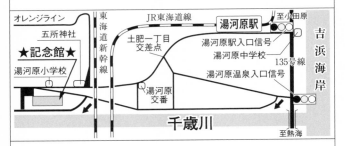

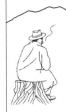

―本書のプロフィール―

本書は、二〇一四年三月に双葉文庫から刊行された同名作品を、加筆改稿して文庫化したものです。